寫作的靈現

AI時代寫手的修煉與想像力

楊憲宏 著

目錄

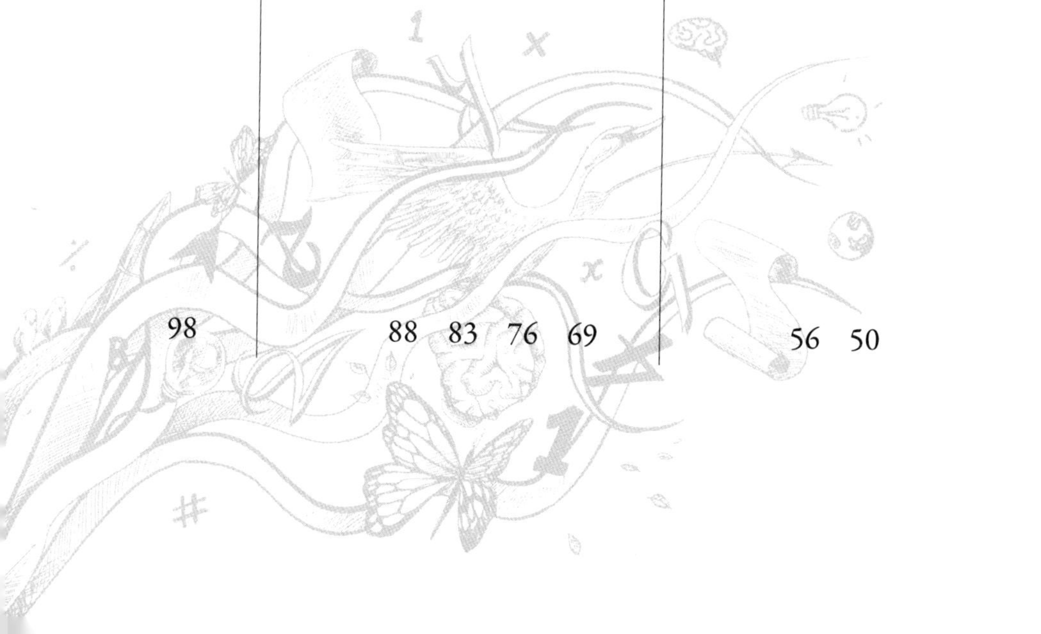

第04講・寫別人就是寫自己

第05講・時時保持覺醒：古典腦與科技腦的競爭合作

推薦序・Foreword

AI春來怒放，但願人長久

姚仁祿／慈濟人文志業中心合心精進長

文字，是靈魂的印記。

寫作，穿越時空，低語著人性的細膩、情感的微妙和心靈的震顫。

憲宏在《寫作的靈現》一書中，以他深沉、澄澈的筆觸，為我們鋪展出一片寫作的星空，讓讀者得以在這繁星點點之間，瞥見文字的光芒，感受到人類智慧如花怒放的奇蹟。

在這場「AI春來怒放」的盛世中，我們見證技術飛躍的偉大時刻。

然而，這個時代的意義不應止於技術成就，更在於文字與人心的融合，如何在數位潮流裡流傳，成為時代的軸心。

文字，依然有它獨特的「重力」，正如張繼高先生所言，文字能牽動人心，如同無形的磁場，持久地吸引著人們，激盪起心靈的漣漪。

這種力量，不僅僅是一時的閃光，而是一種永恆的沉澱，它深植於每個讀者的內心，讓人思索、共鳴、觸動。

＊　＊　＊

憲宏對寫作的理解，如同詩人凝視無際之海，深知廣袤與神祕，卻不畏深不可測。

對他而言，寫作是一場修行，更是一種探索的過程。

他常引用極弱音（pianississimo）來形容文字的微妙，細膩得如同人心最隱密的聲音，而他的筆觸偶爾也會奏響 fortissimo（ff，飽滿而優雅的強音），讓讀者感受到文字敲打的震撼。

這種在極弱與強烈之間流轉的細膩，正是他文字的靈魂。

當晨曦照亮字裡行間，他的文字如同小徑上的晨露，閃爍著溫暖的光芒，彷彿在「無聲有響」中，奏響一場隱密的交響曲。

《寫作的靈現》並非只是寫作指南，它是一場心靈的邀約，呼喚著每個渴望表達自我的人，從字句的交會到意象的流動，去捕捉剎那間的靈感之光。

憲宏認為，寫作是一條無止盡的探索之路，不只是技藝，更是一種人生體驗。他的文字中隱含著他的人生哲思，閃爍著他對人性、對世界的洞見，如同夜空中無數微弱的星光，陪伴著我們在人生旅途上敲腦前行。

＊＊＊

在這個ＡＩ生成技術如春日花開般綻放的時代，我與憲宏一樣，期待人類靈魂湧出的文字，力量不止紮實如故，更能人機共創，飛越彩虹。

它是我們跨越時代、跨越距離的橋梁，讓我們在浩瀚星空下仍能彼此相連。

正如「但願人長久，千里共嬋娟」，但願我們靠著ＡＩ協助，文字在未來，更將擁有其前所未見的重量。

但願，讓每位讀者，都能在《寫作的靈現》中，找到屬於自己的那顆遠星，讓心靈書寫得以在無限的可能中綻放，自由的翱翔。

因為，文字，是靈魂的印記。

推薦序・Foreword

寫作修煉如辨黑白

王志宏／《經典雜誌》總編輯

就像彩色的電視變得更加花俏，能辨別黑白的人愈來愈少。

——羅大佑《現象七十二變》一九八三

憲宏兄邀我為他新書寫推薦序，幫寫作巨人的楊憲宏寫推薦，會不會有些班門弄斧的反效果？直覺想婉拒。可能因為我仍是看稿與改稿，也寫稿的一線工作者的身分，他定想知道這個老派報導者對他內容的認同度為何？書名有當紅的「AI」這兩個字，又加上「寫作」這個標題，確實激起了我的好奇心。

我仍猶豫著，他最後加上了一道殺手鐧，說他的妻子瑤瑤一定要我寫，瑤瑤曾是我的學生，夫妻聯手邀約，這下很難不答應。索性抱著先睹為快，終是心虛點了頭。

我直接問了A.I. Gemini，總結如下：「楊憲宏先生是一位多產的作家和評論家，他的寫作功力深厚，對台灣社會的發展產生了深遠的影響。如果您對時事、社會議題、歷史文化有興趣，他的作品絕對值得一讀。」如此的描述算是準確公允，但是平淡無趣。

如果《經典》同事把人物故事如此寫來，那不僅被退稿，還會被叫到桌邊狠狠批個一段。不僅文字，攝影亦如是。剛興起手機的照相功能時，跟攝影同仁一再說：「如果iPhone都拍得來的照片，你們就不用拿上編輯台要我來挑了！」這句話再白話文一點：當大家都會拿手機來拍照時，專業攝影師就更要拿出專業的作品來。也就是說，作品的品質、包含構圖與拍攝難度，都要跟手機拍攝有著明顯的差距。憲宏用的「靈現」這兩字，實就直趨寫、創作的核心，「靈現」是謬思之神，得具備實力與才力才能得其青睞，一旦蒙其青睞就是經典的產生。再擴大而論，「靈現」可解釋成神來之筆非規劃中的意外，這也是人類進步的最大因緣。

單就我習慣看、改與寫的五、六千字的稿子，這是寫手花了長時間的採訪，通常有著學者與業者等十人以上的訪談，當然還包括其所看的新、舊資訊與採訪的第一手資料，同時更有因為親臨環境，這包括現場的溫度、氣味與光線變化等等的側寫，這些訊息的排列組合再合理的起、承、轉、合佈局，其中還得等待是否有「靈現」的推論與金句創造等等，如果都俱備就是佳作。寫手原先從資料寫成資訊，讀者再內化為智慧。這才是寫、讀雙方的最高境界，也是憲宏以他畢生功力譜出的寫作本質的奧義，也是本書的企圖。

憲宏其實從頭到尾就是「打著紅旗反紅旗」，他擔心未來因為ＡＩ被濫用，省事偷懶會讓我們閱讀將是大量的平淡與重覆，他以智者之語來及時點醒。羅大佑在一九八三年的《現象七十二變》的一句詞在寫此文時不停在我腦中浮現：「就像彩色的電視變得更加花俏，能辨別黑白的人愈來愈少。」ＡＩ的輔助，應將僅是寫作效率的提升。寫作的修煉應如同辨別黑白的能力，實沒有投機的空間。

序・Preface

靠AI長知識 動手寫才有想像力

已故記者張繼高先生曾經說到，寫手必須有志氣，脫離大媒體機構仍然能有影響力，他說文字是可以產生重力的（gravity），那個重力存在於人心，因此用字遣詞要洞察先機，領導潮流，他自己一生思考這個寫作立言的議題。除了文字之外，他醉心古典音樂，一樣深入淺出，有一回他談到音樂的境界，提到極弱音（pianississimo），就樂譜上三個p的表情符號。他深感能夠彈奏、聽見，是一種幸福。不論是文字或音樂，他說的就是品味（taste），就是細致（subtlety）。

寫這本書的過程，一直想到繼老的耳提面命。最近閱讀到一本專書講到「成功的偶像品牌更常浮現於直覺與不期而遇的美好因緣而非設計」（even the most successful iconic brands have emerged more by intuition and serendipity than by design）。

直覺與因緣的力量基本來自在知識大海的聞、思、修不斷突破與煅煉，是勤於發現「不知道自己不知道」的無知全黑（darkness）。

人生要探索的不只是「知道什麼」，更珍貴的是「不知道什麼」。Intuition 與 serendipity 都是偶然，如何感知並抓住，這是奧祕。大自然教會人類的正是認知到奧祕深不可測，值得一世追找。小澤征爾在與大江健三郎的《音樂與文學的對談》也呈現了極致的美學。有人說：日本人了解藝術、人性，及生活感覺背後那隱隱然、細微，卻彼此通透的光線。寫作追找的正是這樣的混沌。日本人講人生不完美之美（beauty in the imperfections of life），以侘び寂び來註腳。其實是一種「想像成真」（imagination is real）的人間哲學寫實潛力的表現。

寫手的極致是成為有「想像潛力」的紀錄工作者，進而提升為有深度學習力的「大製作人」，耐心參與紀錄片的前置作業（preproduction）及後製（postproduction）進行方向、細節修整，過程中才看得見「藝術、人性及生活感覺背後那隱隱然、細微，卻彼此通透的光線」。這種 subtlety 及 shrewdness 細緻入微與眼界城府（厚積薄發），才有由地湧現的機會。

直覺是上天的恩賜，理性則是忠實的僕人。然而我們營造的社會，卻把榮耀歸給僕人，遺忘了恩賜。（The intuitive mind is a sacred gift and the rational mind is a faithful servant. We have created a society that honors the servant and has forgotten the gift. —Albert Einstein）

這本書的藍本是二〇一七年在大愛電視台顧問紀錄片製作時，有感於年輕世代的寫作都遭遇到數位科技的輾壓，而開了課，各個講題是當年的題目，分五周講完。講話的錄音逐字稿一直留在我的手機「備忘錄」中，這幾年，修修補補，加上一些新的進展，則在ＡＩ正式問世後，加寫下一些想法及觀察。

書中提到寫作的歷程中，非常厲害的改稿人，是聯合報系的劉復興先生，他英年早逝，是我一九八〇年代新聞寫作的啓蒙老師。他的過世對我的震撼極大，從此少了一位可以分享作品深層哲思的友人。

另外一位是文中提到一位聯合報管圖書館雜誌訂閱的顧問，名字是楊漢之，他很怪，自稱「老怪」，他父親是蔣介石的國庫署長楊綿仲。老怪漢、英文俱強，與張繼高是好友，兩人在一九八〇年代創刊了《美國新聞與世界報導》周刊漢文版，找了台大法律教授陳師孟來主導。工作都在半夜，我常被臨時徵召去翻譯科技新知的文章，很辛苦。真是歲月「動」好。

老怪後來成了一九九〇年代李登輝總統的顧問。我也被拉進去成為「隱形團隊」成員。這些特別經歷，塑造了很多對寫作的特別想像力。不論是張繼高、劉復興、楊漢之，他們的談話，沒有虛辭，記下他們說的，就是一篇好文。李登輝的博學更驚人，說出來的話，也都高知識含金量。

他們的寫作都反映出他們的人文堅持。這次的出書想要表達的正是這樣的「新時代文藝心理學」。

在一九八九～一九九〇年代我曾經擔任過《人間》雜誌總編輯，當時社長陳映真組織筆隊伍，為左派理想出力。他有一回一起赴鹿港，為了反杜邦化工建廠而撰寫調查報導，回台北車上，他問我：「如何教導年輕人寫作？」實在不知如何回答。同樣的問題，媒體名人高信疆也問過，他創辦《中時晚報》時邀請我加入，樹立寫作風格一向是他辦報的起心動念，因此有了很多新創在副刊版面中實驗。

他們都知道，寫作才是真正的人生輸贏。

一直到了二〇一七年，我才有系統性的想法，確定寫作主要是靠自我修煉，不能依賴「別人教導」。記得當年我曾經嘗試著回答陳映真的問題，我說：「寫作是無法教的，只能不斷的寫，不斷的讀，從嘗試錯誤中累積經驗。」而不斷改稿是做好故事唯一法門，年輕人學習寫作，要從稿子被高手改的過程，不斷得到體會。陳映真聽了感到十分挫折，可是這是當時的現實。

幾年來，數位時代的網路搜尋機制愈來愈強，新的自我學習（self learning）可以在網路上得到相當程度的滿足，但是仍然要依靠文字工作者，自發性的探索知識及突破未知的熱情是否維持高水位。在網路上聲稱的「寫作訓練」，其實對寫作不見得有實質幫助。更不要說「教作文」的補習班了，或許應付考試可以，但是這種能力，實在與寫作相差不可以里計。在作文考試得高分的人，不見得就會成為好的寫手。

有了數位網路環境加上掌上手機及WI-FI，又可以直接在手機備忘錄上寫文章，可以搜尋可以查證，有結果，可以直接copy and paste引述消息或證據，更奇妙的是，在任何環境下都可以寫文章。我最近出了一本政論書《敘大事新台灣崛起》，全書超過六萬字，六十九篇專欄論述，全都是二〇二〇到二〇二三年，在高鐵上、飛機上，或清晨坐在床上完成。沒有一篇是在書房寫的。而且全部在手機完成後，直接「全選—拷貝」，到LINE找到媒體編輯帳號直接送出。原稿全都存在手機上。

這樣的作業模式，早在二〇一七年已經開始，也相當程度改變了我對寫作的想法，也許可以將一些寫手的基本功歸納一下，加上多年來的寫作思維，整理提供年輕一代的朋友參考。

書名提到「寫手修煉」，而不是「如何寫作」，就是仍然堅持寫作是一種「主動學習」（self-learning）的過程，不能靠「被動」教學完成。雖然說沒有人天生好手，但是的確有些人天分不凡。不論資質如何，一樣都得「修煉」。買這本書，看完了，就會寫出好文章，是不太可能的事。對那些在寫作路上飽受挫折的人而言，有可能在這本書上的某個段落找到自己的捷徑，但是仍然要「修煉」。也有可能，看完本書，覺得這樣的寫作太難了，至少了解自己為什麼跨不過門檻。

我期待的是看完本書，充滿了對寫作的熱情，而且因此找到「修煉」之路，每日都有驚喜作品的年輕人，學會如何教導自己成為寫手。

AI時代，網路四通八達，人人在線，無人不在寫、說、看、聽。但是唯有寫手留其名。不論什麼行業，都必須說故事（storytelling）。從製造高算力的機器、半導體產業到士農工商，無不需要「故事導引（story oriented）」，包括政治、經濟、金融、社會、人文、藝術、音樂、建築、醫學、天文……每個在線（online），每個離線（offline），都離不開故事。

寫作成了一種「必要能力」，只要想出頭天，非成為寫手不可。在這裡已經不需要舉例，現今在世界站到高峰的人，沒有不是寫手的，他們不但能言善道，文采也一樣不凡。

在AI時代，這些「寫手級」的意見領袖（opinion leaders），會更如魚得水，在全球更領風潮。

最近華頓商學院趨勢剖析出了一本書，叫做《多世代革命》（*The Perennials: The Megatrends Creating a Postgenerational Society*），Perennials 原來是long-term、long-time的意思，植物學上叫「多年生」。

這本書書寫的是「不老世代」。

跨「多世代」的大趨勢，仍然由嬰兒潮領導，但講究傾聽、合作。

幾個統計數字值得注意：

- 二〇三〇年前，六十歲以上的網購族，將超過三十歲以下的人。
- 老年人每天待在螢幕前的時間高達十小時，比十八至三十四歲的年輕人多了三十三％。
- 二〇三〇年，美國總消費成長有四十％由六十歲以上的人貢獻；日本與德國更高達六十％和七十％。
- 三十歲以上有高達三十％至三十五％的人，正在使用數位平台學習。
- 高達四十六％的跨國企業高層看好多世代勞動力。
- 南韓三十多歲的男女，有六十二％都和父母同住。美國十八～二十九歲的人有五十二％與父母同住。
- 員工的創造力巔峰，平均發生在二十多歲與五十多歲。
- 混齡團隊比起同齡團隊，工作績效表現更好。

這樣的多世代「分享經濟」必然讓未來ＡＩ介入更深。將顛覆人生、企業、經濟，甚至全球社會。

ＡＩ更將延展至學習領域，拉開科技能力，未來再也沒有教室的概念，直接進入線上學習的世界。以上文字來自這本書的簡介，這樣的寫作力十足驚人。

尤其在教育的領域已經出現「新時代英雄」，AI tutoring（Khanmigo）and Khan academy是多年實踐在家自學（homeschooling）的成功者。創造了新的對話路徑，好老師化身ＡＩ，與學生在聊天中輸入高知識含金量的歷史、科學、數學……（a new relationship with the educational content where with the AI tutor, the students can have rich conversations and dialogues with history, science, math and more.）

這是一種knowledge Uber的「及時派送」，ＡＩ必須與寫手級的前衛資料中心（avantgarde data centers）結合，才能有機會育成對以「生命科學」為核心，有創新想像力的下一代。寫作是聯繫這一切的根本，愛因斯坦名言，想像力比知識更重要（imagination is more important than knowledge），真的智能（intelligence）是想像力而非知識，而表現的方式就是「廣義的寫作」。靠ＡＩ只能長知識，動手寫才有想像力。

我可以跟藝術家一樣，自由揮灑我的想像力。想像力比知識更重要，知識是有限的，想像力卻可以囊括整個世界。（I am enough of an artist to draw freely upon my imagination. Imagination is more important than knowledge. Knowledge is limited. Imagination encircles the world. —Albert Einstein）

卷首

AI正注視著你
(AI is watching you)

溝通是否一定要出聲音或講話，大腦有沒有機制可以超越這些程序，直接轉化?這是認知科學一直在追索的問題。家裡寵物的行為，主人看著牠，便立刻明白牠下一步會做什麼。更有趣的是，牠也明白，甚至可以預測主人的行動。家有寵物的人都很清楚，寵物跟主人之間的互動，是一種不需要用「語言」的方法，不必出聲但互相明白，是另一種溝通的形式。未來的AI機器人更可以先於主人的思緒，做好服侍的工作。

有聲到無聲，有字到冇字，有圖到沒圖，人的大腦可以運用的溝通隨著科技進展，有各種不同層次的進化。而寫作在這個進化過程中，位於整個「智能金字塔」的最頂端，寫作（writing）運用了人類歷史文化上所積累出的共識，形成的一些字母字根與字形，這些字源可以有如DNA一般，在大腦的內部形成字的意思跟其鍵結的深刻心靈背景的分析，可以稱之為「文字的魂魄」，在字與字之間組合過程會產生一種「靈（性展）現」，除了文字外還感受文字背後的情感、理性或是瘋狂、節制，有各種不同修煉路徑，可以促使人心更精進思想的深化。AI的自然語言學習形成演算法也正在穿透這層層疊疊的「人的技藝」。

這樣的「人的技藝」，有沒有可能被AI超越？答案是yes & no。在回答這個問題之前，必須先討論文字的魂魄與靈現，必須先從哲學性的思考切入，在寫作路上的工作過程跟實際的展現、美學與如詩如歌似的表達，才能找到一條清晰的路子，既能解碼（decoding）也能重新組碼（reassembling），在密碼的組與解（codec）之間能找到一條心靈通道。寫作最重要的就是解組符碼之間的關係，形成自己的風格，這些可能性在數位時代，工具更加齊全，若要一門深入，更有機會。此時一個人的專業能力毋庸置疑，在寫作思考過程佔核心地位，但同時必需具備周邊的博雅（liberal arts）修煉，否則真的會空有想法卻寫不出內容。在數位時代的廣闊挑戰之下，作品本身就是一個多元能力的結合，寫作境界有如風林火山，過程是從說出「不知道」開始，由無到有之「能階跳躍」。

在作者與讀者之間經過寫與讀的心靈轉換，人跟文字之間的物理化學互動到底產生了什麼糾纏？計較的與不計較的關節在哪裡？do 跟 do not 是什麼？都是有如宇宙一般浩瀚而奧祕。

最重要的關鍵在事件現場。所有問題中最難解決的就是現場的描述，如何白描、如何對話？作為創作者，必須面對創新過程中，心性上的孤寂跟喧嘩，這是美學經驗優雅難得的本質。這關係到寫作者人生目標會與作品之間產生什麼樣的互動？

直白的說，寫別人就是表達自己，那樣的心情整備是必要的，這是一種「寫作心理學」背景描述。熱情、責任感、判斷力，這是把寫作作為志業的最核心議題，如果一個人沒有熱情，不要來寫作；如果一個人沒有責任感，寫作反而是遺害人世的工作；如果沒有判斷力，這個人是來添亂的。寫作者必須有責任感、責任倫理，特別是在數位時代，網路社群更要講究群己之間的關係，如何用寫作將同理心連結在一起，而互信的基礎是什麼？

應該是，以感恩作為史觀的俠情跟悲心，說起來很文學性，也具有史學辯證的觀察，其實就是一個年代與事件人物的必要記憶。從史前一直到二十一世紀，所有人類史上最重要的人文記事全部都抓下來，不斷溫故知新，既是回答也是重新提問。

寫作不但是為自己的生命找一個可以留住的點，而這個點在歷史、人文的川流中，可以定位自己的坐標。特別在數位時代，每個人都可能被Google到，留下文字與寫作已嚴重到這種程度，個人的生活史跟人類發展史之中，人人都有「數位的地位」，這樣的地位可以自我認定，善惡與是非都是可以讀可以寫。在今天社群媒體真與假的極端挑戰底下，不能沒有自我認知。數位時代，既是黑暗也是光明，可是要有警惕心，黑暗是俱來的，而光明卻是一種期待，最壞的時代是必然，而最好的時代，可能是偶然。古人說，千年暗夜，是實際的人世遭遇；一燈即明，卻是一種渴求，一種哭喊救贖的向望。5G加上AI，寫手要有一種預備心，追找「人文復興」的使命感。而AI正在注視著你（AI is watching you）。

我認為只有大膽的臆測而不是事實的積累，才能引領我們往前邁進。（I think that only daring speculation can lead us further and not accumulation of facts. — Albert Einstein）

第01講

文字的魂魄跟靈現

寫作作為志業，思考文字的魂魄跟靈現前要先認知的是「文盲」問題。

我們都明白英文illiteracy（文盲）這個字的意思，可是過去的教育只解決「文字的文盲」，不識字的問題，很多人以為識字後就好了，其實不然，若無法讀懂文字的魂魄，就成了「文學的文盲」，文學的境界進不去，例如·古詩「落霞與孤鶩齊飛，秋水共長天一色」，這個「齊」、「長」，或莎劇中to be or not to be都帶動了魂魄跟靈現，不同語言的詩詞或文學的欣賞在學習寫作的過程很重要，有能力欣賞古典作家的作品，從體驗那些作品去明白自己脈絡的深淺。廣讀作品可以洞悉，自古以來再好的作家都經歷了這種困頓，可以從歷史作品中看到他們在哪個地方跌倒，又在哪個地方站起，有體會的人都可以會心微笑，即便是韓愈、蘇東坡、李白、杜甫，西方文學作家莎士比亞在文字上都跌倒過，但他們爬起來了，可以從他們的文字尋找跌倒跟爬起來的過程，這是非常有趣的閱讀方式，也就是解碼（decoding），如何閱讀作品，然後運用修煉的本質，進入能與不能的選擇，以及那些躊躇不前的與滿懷悲心的部分，作家如何去表達，與為什麼要選用這個字眼，用這個字眼背後的心情都可以躍然紙上，深度閱讀之後才能知道為什麼要這樣運用文字。

數位時代事實上是G.I.G.O.，也就是「垃圾進，垃圾出」，產生了很多網路上橫行的「文化的文盲」（cultural illiteracy），這是最嚴重的。很多人都識字，搖頭晃腦也能吟兩句詩，但在文化上是文盲的，這是數位時代ＡＩ漫布其間時，會有不安感的主因，某些作品，文字刁鑽得很利很酸，可是文化卻是嚴重貧血而盲目，現代的人如果看不到這種網路的「文化文盲」的問題，麻煩也很大。如果看得出網路上的各式文盲問題，卻無能為力，也很傷腦筋。如何看出文盲問題並在這中間找出對應之道，這是學習數位時代寫作修煉的重要目的。「厚積而薄發」是一種文字使用者的美德，現代人是做不到的，卻不能沒有「然心嚮往之」的無限憧憬（forever longing）。

寫作過程的自我定位

寫作的過程裡，最重要的第一個關口也就是D.A.R.K.，認識寫作的黑暗面，其實D.A.R.K.是由幾個字組成的，是Don't Assume Readers Know（不要假設讀者知道），寫東西時不要假設讀者看了就明白，讀者中可能很少數是「文字的文盲」，每個字都看得懂，可是文學上可能有文盲問題，文化上可能也有文盲障礙，少有知音能完全回應文章內容，好的作品要有牽引的力量，這是寫手的責任。要用最淺白的話來講具內涵的故事，使用淺白的字不代表不能有艱深的段落，展示不同介面。淺白本身的目的是讓艱澀的內容能夠淺出深入。

並不是說用字淺白就變成是大白話，文字全部大白話，沒有文學性也缺乏文化性，這就不是寫作，文學性跟文化性在未來寫作變成是非常關鍵的元素，每個使用的典故、例子和說法都必須有根據與淵源，隨著文字本身的運用，展示出的文化性跟文學性是重要的創新。

在閱讀經典的過程，有些內容，要切記，「看得懂就看下去，看不懂的就跳過去」，可是看不懂跳過去的要記起來，更加精確的說法是，「看得懂看下去，看不懂背起來」。這種閱讀方法，會有機會體會到所謂「睡眠學習法」，一個段落今天晚上看不懂，第二天醒來就懂了，這樣的程序不知其所以然，姑且稱之「睡眠學習法」，睡眠有助於學習，不但是經驗，可能有腦科學的依據，不在本書的討論範疇。

閱讀不是只在讀自己想知道的，也要讀自己本來不想知道的。這是自主學習的重要議題，書寫時想到D.A.R.K.的問題，必然有助於將自己的內容中可能有一些自己解碼都還不夠清楚的部分顯露，是惠人利己的事。

自主教育（self education）是寫作的核心精神，整個寫作過程就是藉書寫教會自己的過程，切記這個概念，寫手不可能將所有事務都弄通後才開始寫作，寫作精神的核心就是「不停教育自己」，讓自己走向博雅的路，讓自己走向對文字的深刻體驗，在不停寫作的過程中感受到文字跟人文的互動，體會文字跟人文之間，有機性、生命性的互惠，這是核心精神。

自我學習也包括找人教，有這能力也是本事，知道某些人在某些方面可以教，去請教他，達成學習目的，或藉著Google找到資料，自然豁然開朗，也是一種方法。自主學習是教育最應該做的，很可惜台灣的教育不走這條路，西洋學生為什麼在高中後往往比我們更優秀？因為他們從小一到高中畢業這十二年，大部分都著重自我學習，台灣的學習都停留在從教科書學，這是一種荼毒，小孩原有的想像力、創造力在那十二年間被消滅，等到高中、大學畢業後，這個社會卻要求，人人要有能力自主學習，這是何其殘忍的事。在受教育的過程中從不教自主學習，出社會後卻要靠自主學習才能保住工作、保住自己的想像。

過去四十年的工作經驗中看到太多案例，許多人在啟蒙教育的過程中就遇到這樣的問題了，他們被控制在一定的模式中，包括寫作文，怎麼起承轉合都是一個模式，離開那個模式他就不會寫了，可是現實世界是不認可那個模式的，學校教的所有模式，進入大千世界是一無是處的，要自己去創新一個模式，這樣的打擊，何其殘忍。

不管是中國的教育或是台灣的教育，或是很多文化文明或民主程度不夠發達的地方，他們的教育，總是一個框架，總是給一些標準答案，學生學習的過程就是填鴨式，到最後是那些功課，從小學到高中畢業所學的東西講難聽點，就是這輩子沒學過都不覺得遺憾，也就是垃圾。

這是今天數位時代，我們在網路上所看到的醜陋現實。而且有愈來愈多朋友在寫作路上遇到不同程度的障礙跟困難，都必需重新找回自主學習的修煉之路。

寫手（penman），penman的意思跟writer、author雖然是同義字，其實不太一樣，比較像故事書寫者（storyteller）。自我要求成為熟練且有感的storyteller，速度非常重要，寫作速度要保持每小時能寫到一千字。再難的題目，都應該在一個小時內寫八百到一千字，老辣的寫手可能一個小時能寫二千字以上，要練成下筆如流水的能力。不要以為古文觀止的文章都是燒了鬍子、剃了頭才寫出來，不是，大都是一氣呵成寫完，速度之快難以想像。聽巴哈、莫札特的音樂覺得博大精深，仔細去考察他們的生命歷程，每首音樂其實都沒有花很多時間就寫完，那些音樂都是已經在腦子裡迅捷成形，手寫時就「印出」（print out）出來，寫的過程完全熟練而且有感。如果拿起筆還要苦思玄想怎麼寫，混了很多時間還下不了第一筆，這就嚴重了。

創新不是由邏輯思維帶來的，儘管最後的成果需要一個符合邏輯的結構。（Innovation is not the product of logical thought, even though the final product is tied to a logical structure. —Albert Einstein）

寫手的第一關就是「說不出來就做不出來」，這句話的典故是：我在二〇〇〇年剛到電視台當顧問時，一位我敬重的長者對我的工作還蠻支持的。有一天，在早餐時，長者很輕鬆地問我：「你這麼會做電視，可不可以用簡單的一句話說明『做電視』是什麼？」這是長者給我的考試，我稍微想了一下就說：「說不出來就做不出來。」長者馬上就聽懂。意思很簡單，要做一個Documentary，如果製作人沒有辦法用嘴巴把整個場景跟要做的內容說出來，卻說只要假以時日、多點時間搜集資料，一定可以把紀錄片做出來，這樣的話不可相信。

最好的製作會議是，不帶參考資料，最佳狀況是只帶一支筆跟一張紙，還有「帶大腦來」，製作人敘事怎要麼做這個題目，說明後大家直接反應，這是一種修煉，直接反應是非常重要的過程，如果一位製作者，只能提資料，無法說故事，題材大綱大致如此、斷簡殘篇不成故事，這樣資料堆砌能做出成品？不可相信，勉為其難剪接，會看到非常多邏輯跳躍，或根本不合邏輯、隨便湊合就變成惡夢，這太可怕了，沒有說出自己的內在，不曉得作品是要告訴誰，甚至沒有設定好 target audience，做每件事情都要設定好作品是要向誰說故事，幾乎是可以不要用想的，有點像騎腳踏車或吃飯，不需要去想怎麼平衡或握筷，就可以直接進行，寫作上也該有這種自然反應，不要提醒自己 target audience 是誰，所走的座標、路徑就是完全正確的，這是一種內在修煉，問題出在書寫者是不是真正的有熱情、責任感、判斷力。如何進入內心、如何發乎真情述說故事，這過程必須有人說得出來，才有機會做得出來。

「自我修煉」其實是 self examination 跟 self discipline，為自己設定寫作規範，中間包括一連串的寫作過程：一、自我省察，二、嘗試錯誤，三、修正思維，

四、建立價值觀的操練，這過程不但是在寫外在的現場，也同時在檢驗寫手自己，每個嚴肅寫作的核心價值都充滿著自我省察，這是最珍貴的。為什麼作為一個寫手有值得驕傲的地方？寫手是最大寫作受益者的原因是，每一次的寫作都是新的歷程，自我省察、嘗試錯誤、修正思維。未來一種以ＡＩ伴飛（co-pilot）的共筆（co-writing）戰情室（war room），必然應運而生。

寫手在想像的時候也許有蠻好的假想，說故事也有可能說得行雲流水，但真正形成白紙黑字或一寸一寸膠卷或數位檔案去剪接，把音樂配上去，口述過音做好後，就會發現好像每一個地方都缺了一點點，那感覺就是修正思維的過程，想像太容易了，說也是太簡單了，真正做起來其實是困難的，可是也不是不能突破，每次只要多做一個作品或多寫一篇文章時，對於下一個作品就有很好的支撐或教訓，在過去作品中曾經慘跌過，在某些段落寫不下去，可是那些障礙在經過自我反省、嘗試錯誤後，修正思維就會建立新的價值觀，那個價值觀就好像是「救命方舟」一樣，存續很多珍貴的生命力，讓那些生命力在最重要的時機點有如及時雨，讓寫手度過難關。沒有任何一次寫作是容易的，可是看起來又要很輕鬆的樣子，這就是奧妙所在。

寫作最終作用力在於讓自己模糊不清的思考落實成為白紙黑字的作品，寫手在過程中其實有很多模糊不清，並不是一開始就看得很清楚，然後著手書寫，這是寫作的唯一之路，不要以為自己在模糊不清的狀況下就不能寫東西，這是錯的觀念，其實寫的過程就是搞清楚的過程。

落實成為白紙黑字作品，隨後要接受俗世的考驗，不是寫完就算了，要問自己為何而寫、為誰而寫，這是整個寫作的最終修煉，非常重要，這個思維一定要放在自己心中，永遠變成座右銘，這是「寫作心理學」裡最玄奇的部分。

智人這麼聰明的大腦真的想不清楚為什麼大腦會有這種「模糊控制」，人類大腦最美妙的部分在這，不像電腦一個命令一個動作，程式都寫得清清楚楚，人類大腦的「程式」是不清楚的，也不可能有清楚的程式，因為不是機器，不停的大腦在某些想法上面一下子很興奮、一下子很落魄，前一秒還覺得這想法很好，下一秒覺得這想法爛透了，就這樣在不停的爭戰中找出路，這是「模糊控制」，所謂模糊不清描述的是混沌，大腦裡頭是小宇宙，那種混沌狀態，是一種創新過程，在寫作過程中必需勇敢面對這種模糊，用白紙黑字寫出來，因為寫出來的每個字都會重新輸入到思考的模糊裡去，腦子裡模糊的地方還在掙扎，還在呼喊、還在挫折，這時寫手必需勇敢在模糊跟清晰之間找出路，一定找得到，從來沒有找不到的，只要勇敢走那一步就一定找得到，當然找到的過程就是接受俗世的考驗，作品出來後好不好看？這是非常現實的，所謂俗世考驗的意思是說，未必會遇到知音伯樂，比較可能是遇到完全搞不清楚狀況的人，看作品後卻完全被啟發，真的有可能發生這種事，所以俗世的考驗是珍貴的，像莫札特的音樂，他每次寫曲為什麼要跑到酒館，彈奏那些聽起來亂七八糟的流行樂？接受俗世的考驗！為什麼他到今天為止受到如此的歡迎？因為他在當世不以大師自居，他最喜歡的活動其實是在寫作那些非常艱澀的作品的過程中，有很多的小菜作品，他就跑到酒館，騙吃騙喝彈奏作品，每一首音樂都膾炙人口，接受俗世的考驗，好多音樂家都有這種性質，他們都接受俗世的考驗，他們的作品在當時引發很大的爭議，包括柴可夫斯基，作品三十五號小提琴協奏曲，在當時剛出來時受到批評：簡直一文不值，可是他經得起穿過時代的考驗，所以俗世並不只是當世，大多數俗世的人不懂音樂的精髓，甚至不懂譜，不過不要小看那些人，那些人的耳朵很多是很會聽的，他即便不會寫音樂，他很會聽，必須經過這樣的考驗，這是很複雜的過程。做一個寫手必須可以跨過現存的時代，對未來有一種接受考驗的思維，這樣的作品就經得起，不要以為作品只為了某一個當下小事而做，其實每個作品都有歷史性座標，包括自己的安身立命，在歷史的軌跡裡找到什麼樣定位，為何而寫？為誰而寫？這將不停會出現在對自我要求跟自我提問的過程。

正確的態度與釐清動機

寫手的態度決定寫手的高度，態度不對講白點就是在消費弱勢苦難者的痛苦，這個提醒是非常重要的，寫作跟人生其實有不可分割的責任關係。有很多人寫得很好可是就是文筆好而已，讀了不感動，甚至會讓人感覺在消費弱勢者，那都來自於態度，態度不對，也許作品看起來有不錯的概念，卻讓人認為他只不過是騎在苦難人身上講故事，書寫者的態度跟所講的故事之間沒有有機性的結合，是斷裂不連續的。這樣的態度本身，做一個寫手就讓人覺得非常可怕，也許他有很厲害的說故事能力，但是態度不對可能就會走火入魔。

寫手要反覆想著驅動自己寫作最終的動力是什麼，要落實自己模糊不清的思維，模糊不清是對也是錯，急欲弄清楚是對也是錯，寫手思維是不停的在進化，保持模糊其實是一種進化，人對問題的想法如果是：「就是這樣！不會有別的答案了」，這可能有點危險，模糊是對的，人不可能完全清楚知道「這怎麼回事」，一旦有天覺得自己清楚知道「怎麼回事」，那可能是錯的。

在醫學院教育的過程中，這是一個重要議題，年輕醫者甚至被教育，不可以直接對病人做出「診斷」（diagnosis），這個字大概在教科書裡才會出現，教科書教的是，查明病情的結論為 diagnosis 叫做診斷，可是醫院實務裡，寫病歷時，仁慈的醫者完全不用「診斷」這字，因為診斷表示說醫者已經清楚知道是怎麼回事，可是好醫師卻認為在整個病的進展中，其實模模糊糊的好像知道，可是又不能確定完全知道，若以為自己完全知道了，醫者可能會走入歧路，當保持模糊狀態，醫者可能有非常多機會修正自己對病情的判斷，所以醫者用 impression 代替 diagnosis，「印象」真是個有趣的字眼。很多醫者寫病歷，最後一頁寫 impression，明明上面已經寫了 Hepatoma「肝癌」，卻在後面寫一個 rule out（R/O）意思是「排除」，醫師明明寫的是「診斷」，卻用 impression，都白紙黑字寫了病名，卻說要排除，好醫師在看病過程中有一種邏輯，就是一直在「排除」各種可能，排除到所有東西都否決完了，還沒有辦法排除「這一個」，那診斷應該就確定了。最可怕的醫生是，看人一眼後什麼檢驗都不做，就跟病人說是什麼，這很可怕的，醫師永遠要抱持一種謙卑，那個謙卑是說，即使知道這個診斷，也是以哀矜勿喜的方法不要直接講，會說可能是這個，但還是要幫做檢驗，用比較謙卑的方法，而不是當面宣告，醫師突然變神的角色。

寫作者應有這樣如醫者問病的謙卑為懷思維，剛好兩種專業有點結合，醫學跟寫作，在思路上非常接近，好的寫作者有兩個方向思考，一方面直指核心，說這個「問題是什麼」，另一方面繞到後面去說「有可能不是」，不停的在「是什麼、不是什麼」這種模糊思考之間尋找，那個過程叫什麼？寫手叫做「查證」，醫師叫做「檢驗」，醫者不停檢驗檢體，心中想要排除「不是那個病」，可是他心裡頭卻仍有一個路徑標的，這跟寫作者一樣，一開始有個想像，有一個要走在哪條路、最後想要落在哪個定點的一種假設，可是在查證過程，或在紀錄片製作的過程中，卻不吝惜推翻自己原來的假設，這才是正確態度，非常堅決接受考驗，也就是當在整個過程發現新證據，甚至推翻原先的想法時，要欣喜若狂的去接受新想法，一切都應以證據跟事實為準。這樣的一條路要走下去，是任何人幫不了忙的，只有寫手自己左手跟右手互相過招。

要跳出準備好才寫的迷思，多少年來跟電視台、網路、報紙……等工作者交談中，最常聽到一個完全不可接受的字眼叫「我還沒準備好」。這句話是個毒藥，讓人無法真的去寫作，常常問朋友，請問怎樣叫做準備好？所有好的文字工作者都會說，其實從來就沒有準備好這種事，「準備好」從不存在，都是沒準備好就要出手，什麼因素決定要出手？有時是截稿壓力，說幾月幾日就要播出這集，所以非做完不可，問題不在準備好，問題在沒有準備好就要出手，這才是問題核心，對一個寫手來說，某種程度「準備好」是個weakness，是種虛弱。必須有能力在哪個時間點丟出什麼樣的作品，如果再有多一點時間則丟出什麼作品，在完全不夠的時間狀態下丟出什麼作品，時間足夠丟出什麼作品，腦子裡永遠有個清楚的規劃，一個作品可以有十種變貌，應付不一樣的媒體、應付在數位時代不同的變貌，不同的社群平台有不同的表現，一個故事可能有多種說法，有多種說法的原因是因為數位載具本身有不同特質，寫手要完全了解新的科技的展演方式，然後提出新的說法，讓新的說法同時存在不同進化的版本，沒有準備好就開始做的作品本身其實就是模糊控制的過程，寫作本身其實就是模糊控制（fuzzy control），在大腦模糊中仍可寫出白紙黑字，這叫做專業，什麼叫做「寫作專業」？外行人或不是寫作這行的人，要準備文房四寶、行禮如儀，要焚香沐浴然後才可以開始寫，專業者有時候靈感來了，在旁邊撿張亂七八糟的紙就可以開始寫，有時候就在小紙條裡，開始寫了大開場，其至在做完現場訪談，回程坐在客運車上，都覺得不能就這麼晃晃晃，應該把剛剛的現場寫成文字，手邊如果沒有好的紙，隨便一張什麼紙都可以開始寫，寫得密密麻麻的，回來再重新佈局，這其實是一個fuzzy control過程，這麼多年的寫作經驗，最深的感觸是，從來沒有準備好過，逐漸就習慣了，習慣沒準備好就開始，沒準備好就開始後變成一種很愉快的經驗，這是一種美妙的人生歷練。現在手邊一支智慧手機，沒紙沒筆，用說的也可以隨時隨地隨想隨寫。

當然寫手要想，連自己都沒懂，讀者怎可能會懂？如果寫完後自己讀一遍，發現原來想得很好，但看了後連自己都沒讀懂，這是有可能發生的悲劇。誰是作品的第一個讀者？Yourself，就是寫手自己！所以作品寫完第一件事情是自己要先讀，要讀懂以後才交出去，不能做完以後自己也不懂，就交了。

在self education修煉，有一個有趣的方程式叫做「不知道的兩次方」，不知道的兩次方的意思就是不知道自己不知道，這叫不知道兩次方，那就沒有機會知道了，能說出「不知道」這三個字其實算「知道」，知道自己不知道，就有機會知道了，在數位時代裡看到美國有這麼一本書，日本馬上翻譯，講「不知道的力量」，不知道的力量真的很大，在網路上拋出說我不知道，幾萬人幫你回答，雖然不一定是對的，不過答案都來了，講出不知道其實是非常愉快的，學會講不知道，這是非常重要的數位時代能力，因為只有說得出自己不知道才有機會知道，如果連自己不知道都沒有辦法說出來，不知道自己不知道，那就不知道要怎麼讓自己知道了。邏輯上就是這樣，因為不知道自己不知道，結果別人把答案晾在面前，還是視而不見，聽而不聞，這樣的人生很可悲。

現場、白描、對話，是寫作者最大的考驗。現場就是時間、地點、事件發生的場景，白描就是人與事之間的背景為何，然後對話就是關鍵的語句，因為後面有一章專門講現場白描對話，在此段落只是一個提醒，這是一個修煉過程中最大的挑戰，因為寫手常常跌跤在這些過程上，特別是現場這個課題。

做好準備的馬賽克拼貼

「故事馬賽克（story Mosaic）」是寫作多年者必悟的經驗，故事是由一塊塊情節段落（episode）構成，如同一大片的馬賽克磁磚，情節、段落、一個事實、一個場景、一個持續的變動、一個理由，每個細節都會構成一個馬賽克，所以作品可以用各種方法去拼貼去混搭，有時只要有一兩塊馬賽克就足以應付某些社群（social media）的需求，真的不需要把所有馬賽克一次丟出去，有時候只要丟出一塊馬賽克磚就可以引來一堆人對故事的興趣，必須有能力在這中間找出最具衝擊力與關鍵性的故事馬賽克，在不同的media裡頭拋出故事本身的引線，所以故事並非是完全不可拆解的物件，故事就是一塊塊可分割馬賽克所組成，要分清楚哪些內容是哪個馬賽克，每個馬賽克就是兩百字。每一個情節的段落、事實、場景、持續的變動、一個理由，每個物件都可以構成兩百字，一個情節段落要控制在兩百字以內，如果兩百字交代不了，就表示這個情節中有其他節外生枝的東西，可能是場景、可能是時序、可能是理由，必須馬上分割，寫作的過程雖然是模糊控制，可是一旦落實白紙黑字，你就會發現「欸？我這段怎麼兩百字還寫不完？」就表示你暗藏了一些糾纏，當然要馬上修枝斷葉，進行「疏果」作業。一個個概念全部馬賽克起來，不能重疊，當然這是很大的困難。

在現場寫作（writing on the scene），很多文字工作者帶了錄音錄影機去，錄音錄影一大堆回來聽寫、打Metadata、儲存，弄完後開始拼貼故事，這樣作業很容易失敗。這涉及工作流程的前置作業（preproduction），腳本要先寫好，如果腳本寫得很好，到了現場也不想溢出腳本去發現新的故事，規矩完成腳本也算可以。並不是每個作品都必須嘔心瀝血，有時稍微偷懶一下也沒有人會罵，腳本如果寫得好大家已經感動，找到適當的影像拼貼出來，一切照著腳本走，也看起來很像話的樣子，但有可能不完全是製作者心中想要的作品，這會有點遺憾，不過有時候好像人生也沒有辦法每個作品都認真到像剛剛講的那個程度，其實有時有點鬆散也是ok的，可是那是有腳本的。沒有腳本就出去拍一堆東西回來，絕對是個災難，錄音錄影了一堆回來才重聽絕對是個災難。

「在現場寫作」是忠言，寫手進入一個現場的時候就必須在現場寫作，在現場決定要說什麼、做什麼，故事要怎麼開始，所有現場採集的過程決定哪些情節段文要落在哪裡，心中要有盤算，哪個段落是開頭、哪個段落是結尾，心裡頭都要清楚，因為段落有段落自己本身的需求、開頭有開頭應該有的氣質、結尾有結尾應該有的魄力，那些都要在現場就掌握，掌握對文字魂魄的再三檢驗，用什麼字敘什麼心，必須在現場就抉擇。

如果回來才要去摸索，那就不是現場，而是虛像，浪費掉了去現場的無限價值，只有在現場寫作才可能切中主題，現場細緻的變動才可能捕捉，白描的力度才能切中要害而且對話的精確才有機會查證，很多對話回來時想剪這段bite（簡短的引述），但因為受訪者講得很鬆散所以不曉得要怎麼剪，結果斷簡殘篇，其實好的工作者一旦決定這段的bite，應該幫受訪者稍微整理一下，讓他重新講，把需要的場景錄影下來，文字記者甚至應該一字一句問受訪者「你是不是這意思？我幫你整理出來這樣」，他看了之後說是，這樣的bite才是有生命力的，經過採訪者的判斷，擷取了然後告訴受訪者「我要這樣引述你好嗎？」才不會有「其實意思不是這樣，卻被斷章取義了」的問題，所謂現場寫作主要是寫在大腦裡，採訪筆記簿記了最關鍵的東西，以防腦子不夠用，忘記時間、地點描述這些主客觀的因素，句子是怎麼說的，那些都在筆記本裡，或錄影錄音都可以，可是回來才是真正把它寫出來，所以這時候的寫出來其實就不叫寫，其實是print out，just like a printer，要把自己變成印表機，一路寫有如印刷沒有猶豫，因為所有段落、所有馬賽克、所有兩百字都在腦子裡頭已經成就，寫作最後過程要有如機械一樣，如果寫手沒有感覺自己像個printer，寫作過程還有一點小痛苦，那表示修煉還要再繼續，要像printer一樣，自己有感覺。三十年前在報社，一個晚上可以統合出超過一萬字的敘事，去跑一個現場回來，晚上在五小時內交出一萬字的稿子，那壓力大到每小時平均速度就是兩千字，如果不是printer做不到，像printer一樣在印，那時候在寫稿還沒有電腦，都是一張稿紙兩百字，手寫一張、編輯撕一張，還要記得剛剛寫了什麼沒寫什麼，所以當然有一張計畫好所有場景時間序表，每個場景兩百字的話，如果要寫一千字，就是要五個場景，寫到一萬字就是五十個，五十個編好號碼就開始寫，都不用怕接不好，因為那些銜接都是自然演進的，編輯還可以幫忙順稿，要寫到改稿人完全接收到文氣邏輯，讓改稿人覺得閱讀故事是先睹為快，覺得精彩，改稿子成了很愉快的事，中間只不過有些字寫得像在寫英文一樣，要調整一下，或是有些倒裝句倒裝得太過頭了，會看不懂，或有些字寫了習慣，狂草看不懂，編輯幫忙調整成看得懂的字，因為那簡直都是「有字天書」。我聽過一位小說家，不曉得大家還知不知道他？我是大作家古龍的朋友，有次我跟古龍談他的寫作，他講這種像鬼故事一樣的事情，他常常晚上睡不著就起來寫東西，他覺得不是自己在寫，他告訴我這個感覺，他也不曉得下一段要寫什麼，他的小說有很奇怪的過場，也有有一點囈語式的，他常常寫這樣的東西，問他說這是什麼？他就直接說這不是他寫的，半夜有一個什麼來附身，他就寫出來了，他只不過是一個 printer，是別人在寫，是有一個靈魂、一個繆思來寫，寫作過程簡直像鬼故事一般。當寫到那個境界的時候，欲罷不能，真的會覺得自己只是一個 printer，不是自己在寫，有另外一個力量在指揮。用字用語，被拋出來的時候會感到訝異，怎麼會用這個詞，表示這個詞不是經過推敲出來的，是自動出現，文字靈現跑出來了。覺得自己變成讀者而不是作者，在寫作過程這是一種極致！快速寫下自己先驗的段落，這是很不凡的體驗。

反覆閱讀，寫完的作品要記得反覆讀，要自我檢視，思考和寫出來的有差距嗎？想的跟寫的有差嗎？很少人能讀出這個差異的由來，有沒有更好的寫法？看完了以後想，段落可以重新調整，調整時，要安排什麼樣的轉折（transitions），或設計什麼樣的臨介（critical）？不要小看這些動作，這些動作在寫作的修煉過程中都是最有意義的成長，有沒有更好的寫法？永遠去問這個問題，記得這樣的經驗，那是一種教訓，避免犯錯，如果有看出來下回就不會重複那個錯誤，當然就有可能有一天，看完那個作品後，覺得在這個時空，沒有更好的剪接方法，就是這樣的剪接方法、這樣的文字擺設是最好，在這個時空拋出這樣的故事。就是剛剛講的，永遠沒有準備好的狀態下寫下作品，完成最好的當下。

還有沒有要檢查的？有沒有錯字？這是最糟糕的，要檢查！這是最糟糕的。

深化寫作的過程，這是一個可望不可及的，是「天邊的彩霞」，剛剛講了半天都是「腳下的玫瑰園」。光有「腳下的玫瑰園」成就不了寫作最終的志業，必須有這個「天邊的彩霞」來指引。第一件事是除魔，要把所有剛剛講的因素都排除掉，除魔 disenchantment，是很重要。這過程中會產生因為打破天花板，看到天空的那種「狂喜」（ecstasy）。可是人有時候會覺得辛苦習得的舊有技術已經那麼好了，就這樣拋棄好可惜，會有點「鄉愁」（nostalgia）。會覺得學了新東西就不應該把舊東西全部忘光，也對也錯，不完全對不完全錯，就是一種狂喜跟鄉愁，英文叫 ecstasy and nostalgia，這是非常文學性的述說，只有在非常高度文學性的作品才會跑出來，ecstasy 跟 nostalgia，形容情緒，這兩個相對，文藝心理學中 ecstasy 跟 nostalgia 是最常被用來描述心境的字眼。endless fighting 無止盡的爭戰，其實就是那個模糊控制的關係，所以是對呢？是錯呢？有時候對是錯有時候錯是對，那個互相模糊的無窮爭戰，在心裡頭一直存在是對的，如果覺得自己境界已到，已經進攻光明頂得到武林盟主了，那可能是假的，千萬不要相信有這個事情，永遠沒有所謂光明頂之戰，永遠沒有武林盟主，這寫作的宇宙是不停地在移動，宇宙大爆炸之後每天的景象都不一樣，每一篇寫作其實都是重新來過的作品，雖然經驗有很多可以積累，可是每個作品都是新的。朝聖pilgrimage，人會覺得自己完成某個寫作後的自我提升，很多寫作的大師到達某種情境以後，變成大家朝聖的對象，或是自己也變成朝聖的一份子。過去有很多台灣的作家組成的各種幫派，其實都是在演練他們某種程度的朝聖過程。這是很悲劇性的，因為當朝聖開始的時候，就是另一個除魔disenchantment開始的時候，所以是不停的D-E-E-P，深化的過程，第一個字D-E-E-P，就是不停地在除魔、狂喜鄉愁、無窮爭戰、朝聖又循環回去除魔，這是一個有機體，沒有結束的時候，所以寫作才會變成一生最重要的志業，寫手的直覺（intuition）及不可思議的因緣（serendipity）正是推動的原力及本懷。

我相信，能被計算的，不一定重要；重要的事，不一定能被計算。

（I believe that not everything that can be counted counts, and not everything that counts can be counted. —Albert Einstein）

在AI時代，這個D-E-E-P的過程，更是日新又新一日千里。未來新的知識庫（knowledge base）在ＡＩ深度學習之下，全方位的搜尋「知識」所形成的辯證關係，將使聊天（chat）變成說理（reasoner），更進一步，將成為代理人（agent），最終走向組織（organization），這每一步都是降魔、狂喜與鄉愁，無止盡爭戰─朝聖的不停循環。我確信，ＡＩ不會有終極的「意識」，也就是以想像力為基礎實現創造性與破壞性創新（disruptive innovation）的「人類意識」。可是終究ＡＩ會因不斷的有全球最聰明的大腦共同解題的「知識庫」（現在還沒有，可能要十～二十年後才出現），而有類似「高階思維」（higher-order thought），這是意識研究的前沿。但是就是因為ＡＩ在進化，也會促使全球最聰明的人類「進化」。整個過去二五〇〇年的人類智能歷史的發展，發現、發明，無不是在知識疊加糾纏的亂中有序中，造就了集體智能、開放創新。

ＡＩ並不是歷史的終結，ＡＩ是另一個破壞性創新的開始。雖然ＡＩ的運用有可能被邪惡力量拿去惡搞，造出滔天巨禍，例如利用ＡＩ去「造人」，製造「新武器」，因此全球有關ＡＩ運用的倫理規範已經伴隨ＡＩ研究成長。

這是一個全新的科技新境界，有意思的是，所有的進展都需要用「廣義的寫作」來描述、定位、說理、實現。也就是人類靠ＡＩ「讀萬卷書」，卻要靠自己動手寫才能比對出自己的想像力與創新。誰能夠站在ＡＩ知識巨人的肩膀上，誰才能重新發現自己的大腦其實還有許多未開發的「驚奇智能」（amazing intelligence）。而千年來文化累積的文字，其魂魄與靈現隨之更加精彩燦爛。

第02講 博雅：風林火山

第一講做了比較多有關寫作實務上可盡興、可以被歸納出來的一些寫作的原始性技術性問題。可是寫作顯然不是一個這麼簡單的技術性問題，它牽涉到一生志業這樣的投射，一個寫手如果沒有將一生志業投射放進來變成人生目標的話，那樣的寫作是沒有靈魂的、是行屍走肉的，這顯然很難持續，也很難把寫作變成一生中最重要、最美好的時光。

因此博雅是必然的。寫作的過程最大的受益者就是自己，變成博雅

（liberal art），以一個比較浪漫的方法去形容寫作如果能夠博雅的話，用四個字可以形容那個境界，叫「風林火山」。就是寫作的境界。在這個寫作的境界裡，為了要博雅，在這個過程中人能不停說出「我不知道」，而變成知道，這就是寫作的能階一步一步地跳躍，如果能進入這樣的修煉跟循環時，就會使得寫作變得非常有趣。如何才能博雅？這答案既簡單又困難，就是閱讀，閱讀是整個博雅的活水源泉，就是不斷地閱讀，這個世界仍然過渡在文字被創建的過程中，活在二十一世紀的人都是文字創建出來後的受益者及參與者，這文字創建的過程，其實有非常多的演化，這些進化跟演化都埋藏在文字的過往，幾千年來累積的偉大作品裡頭，都深刻了那個人文痕跡，中共的簡體中文砍斷了這個聯繫，使人文的傳承在今天的中國處於斷裂的狀況。現代人常在文章中引用成語的原因是，那是經典，是一個被發明創造如何使用文字最優美的方法，或是說最簡潔的幾個字就把話講完，這樣的內涵就變成人文應用的符號，要靠閱讀才有辦法理解。很多人問要如何閱讀？真是一個好問題，閱讀就是好的也讀、不好的也讀，「有讀無類」是閱讀的原始。閱讀不要選擇。讀了才知道好與不好。不讀不好的，不知道什麼是好的，讀了好的才會精進。因此，對讀到不好的作品不必抱怨，要欣然接受這不好的閱讀是一個警告，真有人可以把文章寫得糟到這個地步也敢發表。看了之後，心裡會有一個譜，看得出這文章寫得很不好，而且知道他不好在哪時，閱讀者的能階就跳躍了，知道自己不可以犯這個錯，文章不可以寫成這副德行。

很多人覺得只要讀好文章就好，另類的意見是不好的文章讀了後才知所迴避。這是關於寫與不寫之間的拿捏，其實某種程度對寫手的修煉是非常重要的。

無畏勇進不求甚解

有讀無類，不要分類，讀就對了。不好的也讀、好的也讀，要能分辨，分辨才是重點，完全不必害怕，也不需要顧忌地去讀，就對了，基本經驗是必須讀遍一座圖書館，要讀多少？至少要選擇一座圖書館去讀。我的經驗是在高中到大學時開始廣泛閱讀，有三個圖書館，可以說是從頭讀到尾的，第一個地方現在已經沒有了，就是台北市南海路的美國新聞處，那時會去那裡讀是因為那裡有冷氣，當時讀師大附中，整個星期六下午就躲在圖書館裡，那裡都是英文書，去讀每本書，每本都拿出來讀，那時讀書的方法是從這個架子開始的第一本掃過去，每一本都抽下來讀。當時候還有另一個圖書館是政大圖書館，當時政大圖書館剛開，在政大圖書館裡讀雜誌，那是台灣圖書館雜誌最多的地方，什麼亂七八糟雜誌都有。第三個是在基隆路上有個工業技術大學的圖書館，那裡有所有台灣少見的工程方面的雜誌，而且是國外的雜誌。定期去這幾家圖書館周遊。圖書館裡有個規定，特別是雜誌類的後面會有一張紙，看過這本雜誌的人就在上面簽名，有些雜誌如果三個月沒有人簽名，就會被退訂，學生時代我專門去找三個月還沒有人簽名的雜誌，簽名，圖書館就會繼續訂了，不願意讓這些書不被訂。當時，這個習慣持續到後來在聯合報工作時，就是專門在簽那個字，簽到後來圖書館顧問拿著簽單來找我，他說你叫楊憲宏嗎？我說對，他說這幾張簽單都是你簽的嗎？我說對都是我簽的，他說好！我考你，他問我說你真的有看嗎？還是你來搗蛋的，專門來簽名，我說你考考看啊！他拿了一本美國《科學人》（*Scientific American*），翻了一章叫我開始翻譯，我就開始翻，他說你真的有看欸！圖書館也有這種老怪物，他恨透了你一直在簽名他就沒辦法把它下架，後來大家都變好朋友，所以「讀遍一座圖書館」真的是一生中如果有做過，一定會感到非常高興的一件事。當然，也不見得一定要圖書館，誠品、金石堂或三民書局……也不錯，如果願意花一到兩年的時間，尋找一個角落，把那角落的書每本都拿下來看，對寫手也會很精進，看到有些書真的寫得好極了，有些真的爛極也敢放在那賣，那也很好。那是一種內在的修煉跟娛樂，閱讀本來就是非常快樂的事情，如果多了這個工夫會更加快樂。

讀的過程中，很多人說有些書讀不懂，我的說法是「讀懂讀下去，讀不懂跳過去」，不過要記得那些沒讀懂而跳過去的，為什麼？以後這些會回過頭來。只要記得它，你讀不懂跳過去，不用在那裡糾纏去查那是什麼意思，現在讀不懂，再查也一樣讀不懂，把它記起來就是了。講一個經驗，我十七歲時，在教堂裡洗禮第二次，就是堅信禮，洗禮之前，牧師要我到他的家去討論《聖經》，他拿出某些段落問我想法，也問我《聖經》有哪些段落不懂，他來跟我討論，有點查經的意思。當時記得我跟他講說《聖經》有一段話覺得蠻不合理，不太了解。那段落是在《馬太福音》第十章十六節，當時讀《聖經》時是漢英對照讀，英文是這樣說的：Behold, I send you forth as sheep in the midst of wolves. Therefore be wise as serpents, and harmless as doves. 翻成中文或台語叫做：「聽好，我差遣你，如同羊入狼群；所以你要靈巧像蛇，馴良像鴿子。」看到經文說「羊入狼群」，這怎麼可能有活命？可是經文說羊入狼群還要靈巧如蛇、馴良如鴿，問牧師說這羊有活命的機會嗎？牧師看著我說：「你以後就知道了！」我當場就傻了，就因為不懂，背了起來，到今天為止都還能琅琅上口背出中英文的章節。做了很多年的記者後，開始感覺非常孤寂，當時寫許多環保議題，沒人關心，到最後不論在報社或在社會都變成特立獨行者。很多人都覺得：寫這些幹嘛？我們不知道多幸福啊！你為什麼要告訴我們？講那麼多，我們看了很痛苦，你講的又都對，我們就很無奈悲觀。所有的災難都是因為你揭露了以後我們才知道，痛苦啊！我在報社常寫抽菸有礙健康的文章，而編輯都是口中叼著菸的癮君子。因此文章都做不大。後來我在「消費者保護基金會的環境委員會」提案「反菸運動」，幾經周折，定案是「拒絕二手菸」，那是我的提案，眾委員討論認同此倡議。結果風起雲湧，導致後來編輯部禁菸，最後有心人接力形成了立法禁菸。在抗爭過程，我曾經在我的桌子玻璃板下壓了一個毛筆寫的「格言」：抽菸很好，請不要吐出來。笑翻許多同志。還記得當時的聯合報董事長王惕吾的「義舉」，他有一天手執燃燒中的雪茄來到編輯部，在眾人跟隨下，他走到我的桌前，當場要人拿來菸灰缸，捻熄雪茄，記得他笑著說：「我知道你反對抽菸」。從此辦公室禁菸。

一個人的真正價值主要是由他從自我中解放出來的尺度和感覺決定的。（The true value of a human being is determined primarily by the measure and the sense in which he has attained liberation from the self. —Albert Einstein）（1934, *The True Value of A Human Being*）

曾寫過一篇反省文章說，真的「人人都應該知道嗎？」，媒體行業裡頭講述人民有「知之權利」，是這樣嗎？人民有不知的權利嗎？可以吃乎肥肥，裝乎槌槌，什麼事情都不知道，過一輩子，可以嗎？好像也可以！但記者這一行的人說不行！你必須知道，You have to know! You have the right to know! 所以就變成知道或不知道這其實是很難的抉擇。在兩難間，忽然想起「羊入狼群」。我為什麼要寫呢？如果大家都不想知道，我為什麼要寫？因為我被差遣了，上帝說，我差遣你們去，如同綿羊到群狼中間。羊就是有想法的人，狼就是沒有想法的人，那羊要去跟狼傳道，而且要馴良如鴿、靈巧如蛇，這很有趣。《馬太福音》十章十六節說的是「萬事俱備，只缺你去。」神的話是說，不必擔心有沒有能力，不必在意人民該不該知道。我差遣你，你就去，這是《聖經》信仰裡最堅定的部分，去了就如有神助，做了就成了。羊入狼群，這是很多年後才忽然想起，年輕時代讀不懂的那段經文，有一天就忽然懂了，而且變成一生非常重要的指引。

從此以後，我很少用「準備好」這個字，因為我知道從來沒有準備好這件事，寫文章說要準備好才寫，那就不用寫了，天下沒有準備好這件事，我們通通是在沒有準備好的情況下，就必須動手了，那是真本事，沒準備好而可以寫，邊走邊準備，就是那個意思，做就對了。在這過程中，當然沒有準備好，不等於不必做準備。就是讀遍圖書館也還不算準備好，可是要不要讀遍一座圖書館？要！這是基本功，只是基本功而已。

現代教育的框架，人們是被分科分類分不同專業，用大學科系來分，知識的學習無形中落入哪一類、哪一科、哪一屬、哪一種，大多數的人就接受了，離開自己的類科屬種，就不會了，也不用學。學文科的，有關理科的項目，好像理所當然可以不用知道。理科的，面對文科，沒學過，所以也不必會。這種已經被教育體系約制，不懂反抗的人，作為寫手會非常痛苦，因為寫作的這條路，沒有辦法剛好落在剛好的類科屬種，通常是根本一點關係都沒有，寫手必需變成速成專家（instant expert）。就要開寫了，從來就不可能準備好。

感受與探知的進化

過去的類比（analog）時代，社會把人分成很多種類，依照教育的方便分類後，也讓人進入社會職場裡到那些類別去工作，人就變成一個機器零件，一個個被螺絲鎖進社會大機器的某部分，每天去旋轉一樣的東西。其實這是不符人性的。人在自然界不應該是這樣的關係，可是現代教育就是這樣，不管是台灣或其他國家，其實也都是這樣，為了方便把人分類，分類以後就走上這類別，一輩子不關照不是自己那類別的事情，這是作為一個人很大的損失。

數位時代、網路社群時代打破了這個「所知障」。每天接觸的都不停訴說各種知識。有如人類進化過程的Nature teaches（自然教你）。知識乘著演算法回來了。很多人認為這是一個高科技的時代，所以更冰冷了，其實不然，我認為反而更熱，數位ＡＩ將自然界很多元素在新的通訊網路中，把很多大腦互補互聯起來後，形成了一種新的自然界（new nature）。一個被解釋過的大自然，非常多知識跟常識不停在網路流通，每天都注入你的神經，你的知識系統裡頭，讓人在這樣一個生活系統透過交朋友過程中出現很多「不請之師」，很多人跑出來當你的老師，及時地告訴你哪些事情其實也是你應該關照的。

數位時代機制正在形成新的教育進化。也就是「大塊假我以文章」的時代回來了，寫作的寬度因為數位時代被拉得更寬，現在只要在網路上說：「這是什麼我不知道，有誰可以告訴我？」就一堆答案跑出來。這才是符合自然界導引進化的一種機制，這機制使得這個世界在過去幾億年來不停進化。就是不休止的學習，nature teaches與nature finds way（自然會找路）從未停止運作。AI的進展也可以視為自然會找路的現階段發展。

我們應該對那些曾經在自然界發現「解釋」的人，給予感恩跟敬畏，這是我們作為寫手非常基本的哲學內在。

大塊假我以文章，語出李白的〈春夜宴桃李園序〉，「夫天地者，萬物之逆旅。光陰者，百代之過客。而浮生若夢，為歡幾何？古人秉燭夜遊，良有以也。況陽春召我以煙景，大塊假我以文章。會桃李之芳園，序天倫之樂事。群季俊秀，皆為惠連；吾人詠歌，獨慚康樂。幽賞未已，高談轉清。開瓊筵以坐花，飛羽觴而醉月。不有佳作，何伸雅懷？如詩不成，罰依金谷酒數。」這是古文觀止中的一課，閱讀這種經典的文字，歷久彌新，每個字的組合有它的魂魄跟靈現，那時代李白寫出這樣的詩，信手拈來，他所寫的其實就是大自然，尤其寫到「況陽春召我以煙景，大塊假我以文章」，到今天仍膾炙人口、非常有價值。現在大自然教全球的大腦，全球大腦都圍繞在網路底下，每天都有新的學習，寫作的過程其實是全球大腦合縱連橫的一些符碼，但是用華文有它的意義，用英文也有它的意義，用其他文字互相交錯，這合縱連橫其實幾乎是一種新的生命力。有人說是人工智慧，其實不只，這裡頭已經含有有生命力的意義，全球大腦與大腦被聯合起來。

當我們審查我們的生活和努力時，我們很快就會觀察到，我們幾乎所有的行為和慾望都與其他人類的存在聯絡在一起。我們注意到，我們的整個本性與社會動物的本性相似。我們吃別人生產的食物，穿別人做的衣服，住在別人建造的房子裡。我們的大部分知識和信仰是由其他人透過他人創造的語言媒介傳達給我們的。如果沒有語言，與高等動物相比，我們的智力確實會很差；因此，我們不得不承認，我們相比野獸的主要優勢要歸功於生活在人類社會的事實。（When we survey our lives and endeavors, we soon observe that almost the whole of our actions and desires is bound up with the existence of other human beings. We notice that our whole nature resembles that of the social animals. We eat food that others have produced, wear clothes that others have made, live in houses that others have built. The greater part of our knowledge and beliefs has been communicated to us by other people through the medium of a language which others have created. Without language our mental capacities would be poor indeed, comparable to those of the higher animals; we have, therefore, to admit that we owe our principal advantage over the beasts to the fact of living in human society. —Albert Einstein）（1934, *Society and Personality*）

大腦是什麼？如果我們把大腦打開，腦皮質有很多皺摺，如果攤平，那些皺摺地方灰質壓平後，面積大概四張Ａ４紙，2mm的厚度，大腦其他地方是纖維，白質的部分都是纖維，電線很多，其間細胞不多。神經細胞集中四張Ａ４紙加上2mm的厚度，這就是人類的「主機板」，每秒可以運算十的二十七次方這麼多，比較一下我們現在用的六十四位元電腦，簡單來說它的運算就是二的六十四次方，我們把它化約大概等於十的十八次方，所以我們的大腦還比我們所用的電腦多九次方，不過那個十的十八次方比較不會犯錯，十的二十七次方比較會犯錯，想東又想西、想南又想北，又不專心，這個十的二十七次方有很多古怪的行為，不太靈光的機會很大，所以現在所講的全球大腦連結指的是很多的十的二十七次方在很多的端點，由巨量的十的十八次方的運算串連起來，很可怕，這是我們所面對的ＡＩ時代。

在數位時代作為一個writer、要把東西po上去告訴大家時，使用的符碼必須有一定的深度，才觸及新的人工生命體最核心的價值，這是一種集體智能正在尋找新的價值觀，當然這新科技下，善也來、惡也來，目前看起來惡好像比較厲害，所以網路為人詬病的原因是上面所流傳的惡的訊息太多、善的主張太少。

大腦的功能在過去三十年有很多新的理解，也帶動了新科技的演算不斷精進。現在文字的發明跟應用在數位時代已經達到極致，我們既然已經有辦法分辨非常多事理的文明解釋，我們都可以選擇最適當的文字去表達。

有部電影《異星入境》（*Arrival*）非常值得看，介紹的理念很接近我們很難用三言兩語解釋清楚的事理。故事是有一個語言學家在外星人入侵地球時被美國的情治單位找去，要她去破解外星人到底嘗試想跟地球人說什麼，外星的文字看起來龍飛鳳舞，大家都不懂，後來這個語言學家在很快的時間內學會外星語後，她得到了另外一個天賦（talent），學會外星語後她就可以遊走在現在、過去跟未來，那個語言是個符碼，可以讓你預知（foresee）未來。這樣的說法很迷人。

學習多種語言的人有時候會覺得用英文思考比較順心，有某些問題用日文看更清，用漢文思考也有其奧妙的地方。這部電影有一點這個意思，所描述的外星智慧非常直接的說出學會一種語言，就會學到其魂魄，語言是有靈魂的，可以因此穿越自己的過去、現在，更可以先看到未來。在數位時代裡頭，這樣的電影，是一種因緣在啟示這個事情，在解釋不同文字的發明運用，其實都代表某一種還沒被說出來的因果。有一些奧祕可能要藉由這些文字來說明，漢文的境界是不是還有一些untold？是不是能前瞻更多的未來，還有待挖礦。

文字之外的表達，是新的趨勢，尤其ＡＩ的應用，大概在二〇五〇年之前，視覺、聽覺、味覺、觸覺、嗅覺、痛覺七情六慾的總動員，未來都可能超越文字在網路上可以表達。會愈來愈用超越文字的方法去探知與感受。

慢想、快寫、熱情、毅力

那探索未知的自我檢驗，學無止盡其實是任何寫手一定會面對的挑戰。寫手不應該是每天都在寫自己知道的事情，寫手應該是去寫下自己不知道的事情，「探索未知」才是寫手精煉的過程中最重要的任務。

不斷自我檢視到底有沒有能力處理這樣的觀點，這是很重要的。所以每天在探索不知道的時候，這個「我」就每天在變化。要警覺到自己、這個「我」，因為探索跟自我檢視不停往前修煉的過程，就會形成「我」已經不是「我」。「我是誰？」這問題是永遠的問題。一直問自己，到底「我為何而做？

我為誰而做？」因為我每天都在變化，因為我每天都探索了新的不知道的部分，之後我就變成了另外一個我，已認識這些新的黑暗部分的我，跟原不認識的我其實有很大的差別。動態的我（Dynamic I），「我」這個概念其實是不停在變化，這個是博雅過程裡的變化，一種「日日新，又日新」的進階。

寫作某種程度就是記錄下自己不同程度的進階，作爲我的能階進步跟超越，這是寫作要有的心理準備。寫作最重要就是「疾如風」，不能寫得很快就不可能成為好的寫手，好寫手都是快手，手要很快，一個概念進來，馬上坐下來開始寫，一小時至少一千字。速度要拉到那麼快，速度快才是專家，速度慢表示某些地方仍然沒有突破。知道如何去選擇哪些地方是可以寫、有把握的，寫作一定是「疾如風」為第一要位，那個是一定要到的，寫很慢就是不對，小孩練鋼琴，要能夠彈出prestissimo或是presto。彈鋼琴如果不能彈快就不可能彈慢，但是彈快可能是要從慢彈開始，修煉每一個音階然後愈彈愈快，快到一種程度後，慢下來才有散步（promenade）感覺，要能奔飆才能散步，寫作一樣，寫作就是要快，要行雲流水的寫，下筆如風。電影《功夫》中說，武術之道無他，「唯快而已」；《駭客任務》也是快為上乘，都是這個道理。

可是思考「徐如林」，講起來有點精神分裂，就是寫很快但是腦子很慢，腦子想很慢，腦子裡在寫的是一個，可是有另外一個腦看著你寫，在想說這樣寫對嗎？邊寫邊改邊修，「徐如林」就是思考像一座森林，非常浩瀚，有很多新的點子進來，不停的輸入，「寫」本身的動作是快的，可是「想」本身是慢的。

「烈如火」，情感要像火一樣，寫的過程要澎湃，熱情如火，要有高度的熱情完成，那是支撐寫下去的最重要的動力，就是熱情，覺得寫慢一點就少救一個人，有這種緊張。有時作品晚一天出來可能就多了一個人受害，寫手要有那個急切。

不動如山，堅持，佛法說「沒有勇猛的毅力就不會有喜捨的善行」。勇猛的殺力就是不動如山，任何人不能影響，這是寫手值得自傲的地方，知道自己寫出去後，要面對非常俗世的考驗，要面對非常多的壓力，要非常勇猛，才寫得出來，「大勢至菩薩」的那個思維。在宮本武藏小說所講的也是這個道理，他是用不動明王做他的修煉，那不動是什麼？勇猛。勇猛是不動的，是怎麼嚇他，雖千萬人吾往矣，他不膽怯，他不理會，提了一把劍衝進去就開始了，不動如山，沒有任何東西可以撼動他往後退。

這是風林火山，一旦博雅的情境經營了後，疾如風、徐如林、烈如火、不動如山，引用了武俠的概念，武俠跟文俠其實都差不多，有人拿筆、有人拿劍，筆跟劍無差別，不是也有人說筆如劍嗎？筆有時比劍更厲害，所以修為跟修煉，要求其實是一致的。

這裡可以跳到另一個介面去講，寫作不是只是形象，寫作受到音樂極大的影響，當我們在講風林火山時，彷彿聽到了巨大的撞擊跟雷響，風林火山不是靜默，而是眾聲喧嘩，天地之間所有最大的聲響在這時都爆裂，那樣的聲響在文字裡頭是有的，漢文很特別，文字中是有音韻的。古文學充滿了各種音樂性，文言文根本文字連結中表現的就有音樂性。舉一個例子就是四字聯，四個字連起來，〈岳陽樓記〉的四連音，十分動人心魄。寫作不是啞的，不但有色彩也有音樂，這些文字的魂魄裡其實充滿色彩跟聲響，和七情六慾的感受，那些內涵底蘊，寫手要掌握得準確然後投射出去，「若夫霪雨霏霏，連月不開；陰風怒號，濁浪排空；日星隱耀，山岳潛形；商旅不行，檣傾楫摧；薄暮冥冥，虎嘯猿啼；登斯樓也，則有去國懷鄉，憂讒畏譏，滿目蕭然，感極而悲者矣！至若春和景明，波瀾不驚，上下天光，一碧萬頃；沙鷗翔集，錦鱗游泳，岸芷汀蘭，郁郁青青。而或長煙一空，皓月千里，浮光躍金，靜影沉璧，漁歌互答，此樂何極！登斯樓也，則有心曠神怡，寵辱偕忘，把酒臨風，其喜洋洋者矣！」可以講一下這個經驗，一位台灣少年音樂家第一次讀到〈岳陽樓記〉時，剛好在彈蕭邦的〈幻想即興曲〉，我教他怎麼唸四字聯內藏的音樂性。唸完時他說這跟他彈蕭邦一樣，〈岳陽樓記〉怎麼會跟彈蕭邦一樣？他有一套說法：「差不多從這裡開始，右手有滿滿的十六分音符，四連音。左手則是八分音符，六連音，交織在一起」，這是一點小的經驗，少年音樂家是自學的學生，我教他《古文觀止》，我告訴他漢文是有音樂性的。漢文真正的音樂隱藏在文字裡頭。他讀完後，腦子跳出來的第一印象是蕭邦的〈幻想即興曲〉，他就跑去把這一段四連音整個彈一遍，呼應他熟記的〈岳陽樓記〉。

寫作之善

一個人對社群的價值主要取決於他的感情、思想和行動在多大程度上指向促進同伴的利益。我們根據他在這方面的態度稱他為好或壞。乍一看，我們似乎對一個人的估計完全取決於他的社會素質。然而，這種態度是錯誤的。不難看出，我們從社會獲得的所有有價值的成就，物質、精神和道德，都是在無數代人中由有創造力的人帶來的。有人曾經發現了火的使用，有人發現了食用植物，有人發現了蒸汽機。

只有個人才能思考，從而為社會創造新的價值觀，不，甚至建立符合社群生活的新標準。（A man's value to the community depends primarily on how far his feelings, thoughts, and actions are directed toward promoting the good of his fellows. We call him good or bad according to his attitude in this respect. It looks at first sight as if our estimate of a man depended entirely on his social qualities.

And yet such an attitude would be wrong. It can easily be seen that all the valuable achievements, material, spiritual, and moral, which we receive from society have been brought about in the course of countless generations by creative individuals .someone once discovered the use of fire, someone the cultivation of edible plants, and someone the steam engine.

Only the individual can think, and thereby create new values for society, nay, even set up new with standards to which the life of the community conforms. —Albert Einstein）（1934, *Society and Personality*）

接下來這是一個大議題，寫手並不是知道的全都要寫，可以知無不言、言無不盡，可是不能知無不寫、寫無不盡。知無不寫、寫無不盡就變爆料，寫作不是爆料，寫手到最後跟宮本武藏講的一樣，拔劍要在還沒出劍之前輸贏就定，到了要砍殺後才定生死是比較不入流的劍士，寫手的修煉其實是要先做到「不是知道的都全寫」。現在很多記者知道的寫、不知道的也寫，寫一大堆他自己也不曉得怎麼收尾，作品的境界，必須找到最重要的核心，作品的倫理是要能「知而不寫、寫而無憾」。知道很多，但是也知道哪些東西可以寫、哪些是不寫的比寫了好，手已經打直了，敵人打過來剛好打斷，所以當然不能打直，知道一百分頂多寫三十分，保留後面七十分。這是從前做調查報導記者時的準則，寫的只是知道的十分之一，「還有十分之九還沒寫」，因為很多東西要反覆查證。要能忍，要忍住不要都寫，可能是只寫冰山露出一角，要將水底下冰山寫出來，不但風險太大，也非必要。是冰山的也寫、不是冰山的也寫，寫成一團亂，媒體反而成了亂源。寫而無憾，作為寫手能博雅宏觀、將寫作視為志業，依志業維生而能有成就感的原因是源自寫而無憾的堅持。能知而不寫，是一種修為、能量與倫理，寫作不是爆料，爆料是知道也講、不知道也講，寫作不是，寫作絕非爆料，寫作是人文博雅的共學神通，用神通這兩個字其實是有過去的經驗體會。我過去是專寫揭露性報導的記者，做調查的記者，獨家寫出去的東西要一肩承擔，因為會引發社會驚恐，不過在寫作發表的過程裡，可以督促整個社會共同學習，然後精進，甚至引出一些意想不到的改革。我稱之為神通，歷史上，發生過足為典範的事件，例如《寂靜的春天》一九六二年出版，改變了全球的環境保護。

寫作的利他基本觀，其實對寫作的內涵是非常有幫助的，說「弱水三千只取一瓢飲」，就是閱讀跟寫作不一樣，閱讀很多、學習很多，可是在寫作時只是取其一點點，不可能讀一些就寫很多，做不到，會出事的。博雅無常師可是自來通。三萬年來人的演化中，智人拿著標槍在原野上射牛，這樣的景象在兩萬五千年前的法國洞窟畫中存在。到今天這樣的文明，真正非常快速進展的時間其實也沒有一萬年，整個歷史拉下來看人的智慧怎麼會在這三萬年間進展得這麼快？這是無常師自來通，也就是最大的老師其實是自然，這大自然其實是在無常的狀態底下不停教導，人的智慧不斷累積，寫手所追求的也是這樣的奧祕，如何繼續三萬年來大自然跟智人之間的互動？去破解那些符碼、去了解自然到底要告訴人類什麼，可以成為寫作的活水源頭。這有點像《絕地武士》，有點像《星際大戰》裡在講的原力概念，不過我們講的是「絕地文士」，相信大自然、開放自己，學習是博雅的核心，也就是寫作如果不是從博雅開始，那樣的寫作其實是非常扭曲的，當然這是新的「文化天演論」，數位時代的淘汰賽，現在很多巨大媒體，在新的數位技術底下一一倒下。應該是過去習以為常的寫作慣性害死他們，答案真的不是在數位技術，而是在有沒有一個正確的寫作觀？有沒有敬天、畏地、愛人。有沒有做到這點？有沒有因為寫作而行公義好憐憫，存謙卑的心與神同行。人格特質有沒有因為寫作而博雅，跟大自然完全可以連線？也許以為每天從電腦Google到很多資料，只不過那訊息非常雜亂，為什麼？因為有非常多邪惡力量不停拋出讓人誤解這整個大的網路世界的意涵，網路世界其實也有善的力量的一種集結，正在不斷成長，這善的力量成長，靠的是博雅，自然就是博雅，去學習那個博雅、學習那個大自然接地氣，寫作就會精彩。自我學習的新創時代不只是文明的新創，其實是自我學習的新創，新創最重要就是自我學習，self-education，自己學習，自己最知道自己不會什麼，教會自己，方向很簡單就是博雅，只要往博雅走，自己教會自己一個全方位的無限，跟大自然一體，寫作過程要一塊塊去堆高每個大自然想要傳達的訊息，不會寫作的人很可憐，大自然即使給他訊息他也不懂，會寫作的人就是有能力抓住瞬間（seize the moment）。大自然飄過去即使是幾萬分之一秒這樣閃過的訊息也抓得住，因為會寫作，因為有博雅的精神，才抓得到那瞬間，其實每個歷史的過程中有非常多偶然，可是有時候這些偶然也是必然，能夠抓到，就變必然，這對寫作者來說是一種永恆。不管是遠古歷史或是我們張望未來，這是最重要的，如何了解這個文字，然後從文字裡去表達人類善念，牽引出所有善念，這就是神通，共學神通，是博雅、是風林火山，共學突破自我學習障礙的時候，那樣子的寫作其實就是一個神通，就是神賜的本事。

ＡＩ共筆（co-pilot）將更彰顯這個「共學神通」的創新效果。有意思的是「共學」必須有信任，必須是基於善良目的的學習。任何有邪惡目的的偷搶拐騙都馬上被揭發制止。只有善良本懷才能有風林火山的原力源源不絕。現在的ＡＩ技術只有「事實查核（fact check）」未來的ＡＩ必然有倫理查核（ethics check），作惡無所逃於天地之間。

> 我們這個時代充滿了富有創造力的頭腦，這些頭腦的發明可以極大地促進我們的生活。我們正在用力量渡海，並利用力量，也是為了將人類從所有疲憊的肌肉工作中解救出來。我們已經學會了飛行，我們能夠透過電波毫無困難地向全世界傳送資訊和新聞。
>
> 然而，商品的生產和分銷是完全無組織的，因此每個人都必須生活在害怕被排除在經濟週期之外的恐懼中，以這種方式為缺乏一切而受苦。此外，生活在不同國家的人們在不規律的時間間隔內互相殘殺，因此，任何思考未來的人都必生活在害怕和恐懼中。這是因為群眾的智力

和品格比起少數為社群創造有價值的東西的人的智力和品格低得無法比。

我相信後人會帶著自豪感和合理的優越感來閱讀這些宣告。（Our time is rich in inventive minds, the inventions of which could facilitate our lives considerably. We are crossing the seas by power and utilize power also in order to relieve humanity from all tiring muscular work. We have learned to fly and we are able to send messages and news without any difficulty over the entire world through electric waves.

However, the production and distribution of commodities is entirely unorganized so that everybody must live in fear of being eliminated from the economic cycle, in this way suffering for the want of everything. Furthermore, people living in different countries kill each other at irregular time intervals, so that also for this reason anyone who thinks about the future must live in fear and terror. This is due to the fact that the intelligence and character of the masses are incomparably lower than the intelligence and character of the few who produce something valuable for the community.

I trust that posterity will read these statements with a feeling of proud and justified superiority. —Albert Einstein）（1939, *Message in The Time Capsule World's Fair*）

第03講 現場、白描、對話

現場、白描、對話。是寫作的核心問題，能夠寫現場跟寫人物，幾乎可以寫小說了。人物跟現場是兩個完全不同介面。寫作要先習得「文字原力」，如何認識文字，形成寫作工具。並暗合現場的感染力，與對人物的透視。這都需要長期的內在修煉。

現場的寫作，最大的議題就是客觀。到底什麼是客觀？現場的取材，怎麼開始寫？每一個現場要寫上去的內容，其實都是主觀的選擇。可是主觀的選擇的寫作過程，如何能夠達成客觀的內容？這其實是很矛盾的。

做一個記者被問說，你客不客觀？我的答案是「不客觀」。邏輯上是回答「不客觀」的時候比較客觀。如果回答「我很客觀」，那就看起來不太客觀。這個是一個邏輯的質問。我們必須先承認自己主觀，主觀的後面其實是取材是不是誠正的？是不是敬虔的盡最大的力量、判斷去信實取材。取材是主觀選擇，可是到最後寫作完成，讓閱聽者覺得客觀，這是一種功力，這是現場寫作第一個需要思考的洞察。

現場的歷史因果

把現場帶回來。大多數的閱聽者其實並不知道現場發生的狀況，甚至也沒有去過。大部分人對現場的東西南北根本搞不清楚。如何把現場帶回來？採訪一個大事件的時候，把現場帶回來，是非常大的挑戰。如果採訪的是災難現場，還多了情緒管理要注意。很多人到了災難現場，不是受過度的驚嚇就是有太多的淚水，到最後自己迷失在現場，變成災難現場的受難者的一部分。對一個寫作者來說，這是一種莫大的折磨與損失，失落在現場裡面，回來之後腦中空白，不記得到底是怎麼回事。整理筆記，看拍回來的影片，甚至於不太認識拍到了什麼？這都是到了現場以後，沒做好情緒管理，沒有穩定自己。

現場寫作是很矛盾的，一方面要很熱情地去處理事件，一方面要非常冷靜的去眼觀四面，耳聽八方。這個是情緒管理的議題，比方說塵爆這種現場，過去絕對不會有什麼準備的。不管學過什麼，不管學化學的、醫學的，這些已經算很接近了，但在塵爆這個議題上，可以說完全不知道怎麼回事。也許從化學知識裡頭大致上知道塵爆是一種怎麼樣的化學反應，從醫學上知道這種緊急的燒燙傷可能產生的效應是什麼。兩種議題放在一起，不可思議為什麼會產生那麼嚴重的燒灼傷。現場寫作者，必須要在那幾個小時之內變成專家。這個「速成的專家」的形成過程，是沒有人能教的。那個時候，到處去求人問人，到處去打電話問那是什麼呢，大部分得到的答案還可能不是真正的答案，完全要靠自己判斷。理論上，不應該那麼嚴重。會那麼嚴重的原因到底是什麼？因為一團亂而衆聲喧嘩，面對什麼是真相？孤寂是必然的。如果在寫作時缺乏那種孤寂感，可能沒有感知到真正現場的真實線索。現場其實不只有當下的即景，注意，不是去了，然後畫了張素描回來就是現場，其實真正的現場，都埋藏著歷史層層疊疊的因果。

好的寫作者，切入現場以後，就要有如刑案偵辦者，找出案情中層層疊疊的因果，然後跟當下的即景變成一個呼應，也許跟現代或過去都有可能產生關連，對未來有重大的震盪。現場寫作最重要的內涵，是當下即景一個旋轉，可以旋轉到歷史層層疊疊的因素，這是做一個現場寫作者，所背負的責任。在報社時候，趕赴飛機空難現場，壓力很大。報社精銳盡出，十多個記者到現場去寫。回到報社以後，要有人統籌所有的稿子。因為每個記者寫他所知所見所聽，稿子混亂的程度難以想像，已經超過編輯所能處理。必須有去過現場的人總其成。我常常就是被總編輯指定的那個「改寫人」（rewriter）。不但要寫自己的角度，還要改寫別人的稿子，將所有不同的時空接敘在一起，時間軸跟空間概念，也就是「寫作GPS」都要非常準確。四十年前，非數位時代，通訊只有語音，也沒有高鐵。現場回到報社都已經七點多快八點了，晚上十二點之前要交出一萬四千多字的稿子。當然有很多人在合寫，很多人寫重複的現場，改寫人要能辨識還要改，改完後，還得將最核心的精神表露：歷史層層疊疊的因果，還有對未來的震盪。一九四五年八月六日第一顆原子彈在日本廣島掉下去爆炸的時候，隔天美國大報的記者是這樣開始寫的……就在紐約人吃早餐看報紙的那時候：在東方有一架飛機丟下了一顆炸彈，駕駛員照例丟下炸彈之後會往反方向回頭，過去他都會看炸彈是不是掉在正確爆炸的地點，可是這一次他回頭的時候卻發現整座城市都消失在火焰跟灰塵底下。完全看不到，他嚇到了。往昔投彈後，飛機返航，遠遠的還會看到某個地方有黑煙，這一次回頭看整個就是一朵蕈狀雲上來，城市不見了。首先是記者掌握到歷史層層疊疊的因果，那是關係到過去沒有的經驗，第一次看到這麼恐怖的景象。飛行員不知道自己丟了一顆什麼樣的炸彈，不知道到底發生什麼事情。飛機所載的那顆炸彈，並沒有比以前載過的大，可是丟下去以後結果跟他過去所看見的景象不一樣。抓著對未來震盪這個效果，那一顆丟下去的叫做 atomic bomb（原子彈）。這就是第一顆引爆，人類在戰場上首度使用。這些是寫作者本身選擇如何介入歷史的觀點，文章起頭非常重要。這是全人類面對在現場跟命運的一種因果鏈結，Why now? Why here? 為什麼是現在？為什麼是在這裡發生事情？五個 W 一個 H 的問法，在這個時候是很必要的。

個人完全依賴他生活的社會，因此必須接受其規則。但這個想法的制定就很明顯，這樣的概念在多大程度上與我們的正義感相矛盾。

外部強迫在一定程度上可以減少但永遠不會取消個人的責任。在紐倫堡審判中，這個想法被認為是不言而喻的。在我們的機構、法律和習俗中，任何在道德上都很重要，可以追溯到對無數個人正義感的解釋。在道德意義上，機構是無能為力的，除非它們得到活著的個人責任感的支援。努力喚醒和加強個人的責任感是對人類的重要服務。（The individual is fully dependent upon the society in which he is living and therefore must accept its rules. But the very formulation of this idea makes it obvious to what extent such a concept contradicts our sense of justice.

External compulsion can, to a certain extent, reduce but never cancel the responsibility of the individual. In the Nuremberg trials this idea was considered to be self-evident. Whatever is morally important in our institutions, laws, and mores can be traced back to interpretation of the sense of justice of countless individuals. Institutions are in a moral sense impotent unless they are supported by the sense of responsibility of living individuals. An effort to arouse and strengthen this sense of responsibility of the individual is an important service to mankind. —Albert Einstein）（1950, *The State and the Individual conscience*）

這個原子彈的故事，要到二〇二三年七月十六日，電影《奧本海默》問世，才得揭露前傳。這是歷史因果關係層層疊疊的接力。

這是一個無解的難題，《奥本海默》電影帶給當今二〇二四年深刻反省，因為人類再一次面對核戰危機。

我們不妨跟隨這個歷史現場的接力。一九四五年七月十六日清晨五時半，人類開始了核武器時代，一顆由奥本海默領導的「曼哈頓計畫」設計的球爆型鈽239核彈Trinity，準時引爆，地點在美國新墨西哥州，位於Los Alamos實驗室東北方五十公里的Jornada del Mueito（死亡之旅）。另一位歷史接力者，台大教授陳發林二〇二三年六月出的新書《核彈的故事》描述，這個重約四十公斤的核彈，爆炸時瞬間「天空中出現了比幾千個太陽要亮的橘黃色火球……蘑菇狀火焰不斷翻滾向高空竄升，形成一朵高約十公里的擎天雲柱」。陳發林說「這等值於兩萬噸TNT的鈽彈，讓半徑四〇〇公尺以內的砂石因高溫而變成綠黃色玻璃物質，半徑二〇〇〇公尺內的建築與車輛都破壞無遺」。

二○二三年七月十六日是第一顆末日武器問世七十八年紀念日，而二○二三年七月二十一日全球上映史詩級戰爭片《奧本海默》（*Oppenheimer*）。電影改編自另外兩名歷史接力者Kai Bird和Martin J. Sherwin二○○五年所著普立茲獲獎（2006）書籍《美國普羅米修斯：羅伯特・奧本海默的勝利與悲劇》（*American Prometheus: The Triumph and Tragedy of J. Robert Oppenheimer*）。電影故事聚焦在美國「原子彈之父」奧本海默，開發第一顆原子彈的過程。

導演Christopher Edward Nolan讓天王巨星雲集，藉由奧本海默的故事，回顧人類最驚恐的悲劇，而這個悲劇並未結束，不但延續而且更加強力，一次原爆當量從二萬噸TNT，馬上高達一○○○萬噸TNT（第一顆氫彈Ivy Mike）。一九五二年，則達到一五○○萬噸TNT（氫彈Bravo）。蘇聯時代更將氫彈的爆炸力升級到五○○○萬噸TNT。全球現有上萬個核彈，地球可以被全毀許多次。

陳發林教授的書《核彈的故事》詳述了「曼哈頓計畫」（Manhattan Project），一開始，真的是選定在紐約的鬧區，地址是百老匯街二七〇號十八樓。時間是一九四二年八月十六日。正式名稱是「曼哈頓工程區」（Manhattan Engineering District, MED）。後來遷到華府五角大廈國防部五樓，名稱不變。在一九四三年八月又遷至田納西州克林頓河谷，改稱「克林頓工程區」。這就是戰後改稱橡樹嶺（Oak Ridge），佔地二五〇平方公里的基地。設有三套提煉濃縮鈾235的設備。製造核彈的計畫名稱沒變，仍然稱「曼哈頓計畫」，經費大半都花在橡樹嶺。後來空投日本廣島的「小男孩鈾彈」（little boy）原料來源在此。另外一個工程區是在華盛頓州的「韓福特工程區」（Hanford Engineering Works），主要負責提煉高濃度鈽239。成果是製成四顆鈽彈，包括在「死亡之旅」引爆的第一顆核彈，及後來空投長崎的「胖男人鈽彈」（fat man）另兩顆在戰後於太平洋小島比基尼（Bikini）試爆（美國總共在此試爆二十三次，造成原住民巨大傷害，至今仍在補償）。

電影《奧本海默》的故事是在講，在新墨西哥州的洛斯阿拉莫斯（Los Alamos）。主要設計核彈的實驗室。

主角羅伯特 奧本海默（Robert Oppenheimer），出生於一九〇四年紐約。猶太人。父親是來自德國的移民。陳發林以一種特別的方式描述奧本海默成長的年代。首先是愛迪生（Thomas A. Edison, 1874-1931）發明了一一〇伏特蒸汽發電機與碳絲燈泡。貝爾（Alexander G. Bell, 1847-1922）發明了電話。福特汽車的生產線每九十秒就裝配出國民車T-car。德弗思特李（De Forest Lee, 1873-1961）發明了收音機。萊特兄弟（Wilbur & Orville Wright, 1867-1912, 1871-1948）發明的飛機成功停留在空中數十秒。愛因斯坦發表了五篇論文，包括了描述質能互換的$E=mc^2$。陳發林說：「光這六件事，就足以讓人類文明的進程，在剛進入二十世紀時，就來一次大轉彎。」

這「大轉彎」促成了《核彈的故事》一再強調，奧本海默主持的「曼哈頓計畫」是：規模最大、耗費最多、影響最深的「人類史上無出其右的科學計畫」。從發現火藥到原子、質子、中子、電子，到發現放射物質、電、磁，通訊、電燈、製造汽車，進一步造飛機，戰機、巨型轟炸機，最關鍵是突如其來，愛因斯坦的質能互換公式，顛覆了既有科技的限制。愛因斯坦的名言：「想像力比知識更重要」（imagination is more important than knowledge）。完全印證在這條公式$E=mc^2$。

有一個科技產業的用辭——disruptive technology 描述前無古人後無來者的「破壞性」科技發展。是由哈佛商學院畢業生和現任哈佛商學院教授Clayton Christensen在其一九九七年出版的《創新的兩難》（*The Innovator's Dilemma*）一書中首次提出。翻譯成「顛覆性科技」，應該恰當。

「曼哈頓計畫」是這種科技。美國講奧本海默的書用了「American Prometheus」為名。「美國的普羅米修斯」，寓意深刻，神話故事是，普羅米修斯從眾神那裡偷來了火種，並將其帶給了人們。為此，天神宙斯要他在荒原上受罰。奧本海默再度「偷了」天火，一如普羅米修斯。不必等老天降罰，奧本海默在Trinity試爆成功當天，他就引用了印度Bhagavad Gita經文說：「現在我變成死神，世界的毀滅者」（Now I become death, destroyer of worlds.）。與他一起完成計畫的試爆指揮官Bainbridge，在試爆成功後，沒有接受奧本海默的握手，他直視奧本海默的眼睛說：「現在我們都成了混蛋了」（Now we're all sons of bitches）。

二〇二〇年由福斯電視台主持人Chris Wallace，依據解密資料寫成一本《倒數一九四五》（*Countdown 1945*），他也是一個重要的歷史接力者，從羅斯福總統過世的一九四五年四月十二日起算一一六天，到一九四五年八月六日，在廣島投彈日。詳細敘述，每一天的進展。繼任者杜魯門總統在完全不知情的狀況下，由戰爭部長Henry Stimson告知他「曼哈頓計畫」，並要他馬上做決定，是否繼續。為了早日結束戰爭，並減少聯軍傷亡，杜魯門全力支持羅斯福總統的遺願。這樣的決定一直存在很大的歷史爭議，至今無法緩解。

在這個據亂世時代，核彈「天火」問世七十八年後，這一代的人應該如何面對這個末日武器？陳發林教授還特別整理了「全球核彈分佈」專章，核彈數目：俄羅斯五九七七，美國五四二八，中國三五〇，法國二九〇，英國二二五，巴基斯坦一六五，印度一六〇，以色列九十，北韓二十。這總數一二六六〇的核彈還在增加中，中國仍然繼續增加，預計是一〇〇〇顆。不過，陳發林的書高估了中國未來的經濟及軍事實力，或許成書之時，尚未看到中國各方面皆大幅下滑的數據，而且G7廣島會後，德法等歐洲國家都與美國站同一反共戰線。

這已經不是一九四五年七月十六日的核試爆當年所能想像。陳發林的書也詳細介紹核彈製造的細節。台灣一直被世界和平組織視為潛在核武發展國家，原因是，台灣運轉核電廠四十多年後，高階核廢料大約累積有五〇〇〇噸，其中含有製造核彈的原料鈽239。曾經有外國的研究機構，推估台灣的科技能力，如果濃縮手上的高階核廢料，可以製造的核彈數絕對可以擠入現今擁核武國家，而且排名還不會太低。

《奧本海默》電影加上《核彈的故事》，對台灣年輕人來說，是一個「課堂從未上過的課程」，如果加上《美國普羅米修斯：羅伯特·奧本海默的勝利與悲劇》（*American Prometheus: The Triumph and Tragedy of J. Robert Oppenheimer*）英文書。這將是影響一生最深遠的一組「新史學」。

陳發林的書分析了，俄羅斯侵襲烏克蘭之後，世界核武平衡產生新變化，「用數十年的冷戰所建立起來的核武限制條約已經開始瓦解，因為新一波的核武競賽已經開始。」而最令美國擔憂的是中國。「其核武擴張是不受任何條約的約束」，美國估計到二〇三〇年前中國將擁有一五〇〇顆核彈。陳發林認為美國未來十年，「唯一選擇就是與中俄兩國同步擴張核武」。陳發林說了一段發人深省的話：「不問別人擁有多少核武，要問自己擁有多少才會安全。……核戰的特性：要在第一時間攻擊就取得勝利，因若要做第二次攻擊，只是延緩被毀滅的時間而已。」

這將是未來新冷戰的架構，誰有能力做到「首戰即終戰」，否則就是更加「保證共同毀滅」（100% mutually assured destruction, m.a.d.）。另一世代新戰略嚇阻（strategic deterrence），已經上路。

美國在二〇一三年四月通過設立《曼哈頓計畫國家歷史公園法案》（*Manhattan Project National Historical Park*），就設在475 20th St, Los Alamos, NM 87544。現在已經開始策展。當年第一顆核彈爆炸地點，也已經列為國家歷史性地標，豎立了紀念碑，現在每年有兩天，四月及十月的第一個星期六，開放給觀光客進入體驗核爆現場氣氛，陳發林在《核彈的故事》書中說：「但開放時間甚短，可能是因為現場仍存在著諸多頗具傷害性的各類輻射」。

這是一個沒有辦法給答案的難題。只能將故事一代接一代的傳下去，讓未來的人有足夠的知識、想像力及智慧不要犯錯。

或許責備得還不夠，愛因斯坦當年的話，說得很深刻：「世界不會毀滅在那些邪惡者之手，而是毀滅在那些看著壞人作惡，卻什麼也不做的人手上」（The world will not be destroyed by those who do evil, but by those who watch them without doing anything.—Albert Einstein）。最近幾年安排到日本看廣島與長崎的原爆紀念館，深覺現代人一生要有一次去站在當年原子彈爆炸的地點去沉思，才能完成自己作為「人間的條件」。

綜觀全局的思維

在這種改變歷史的接力現場寫作裡頭，大部分的提問不見得有答案，可是這個問題是要被提出來的，要有那種人文精神。不把這個現場的災難或現場所發生的一切視為當然，要去追索這個現場是怎麼發生的，為什麼這些人的命運是這樣？這是現場寫作必要的思索。不會有答案，但不能因問題沒答案你就放棄思索，或是覺得想了也沒用。而這個場所跟命運的鏈結，就變寫作的核心形成像謎一般的懸念。在寫作者與讀者心中，掀起一種無窮的翻騰。這是在現場寫作最核心的價值。趕赴現場之前，準備工作千頭萬緒，說不定準備了很多項目，到了現場一點用都沒有。可是不能不準備，即使是準備都沒用，還是要努力去準備，至少還有一件事情一定有用，心。到現場之前，有了進入現場前的整個思維，那個思維是重要的。也許很幸運你做的準備剛好，或是一路上問了專家給了出路，或是其他的記者提供了線索，或是網路搜尋用得到。那是運氣最好的狀況。可是有可能準備了半天去了以後，發現現場根本不是這麼一回事。

一定要有一個寫作計畫，無論那個現場有多陌生，都要做非常多的準備，可是要記得：永遠沒有準備好這件事情。最慘的就是所準備的東西不但沒有準備好，而且準備錯方向，但不要在這個時候覺得很氣餒，因為至少到了現場，發現準備方向跟現場所見到的不一樣，有能力辨識現場，有判斷力且知方向，會從那個判斷點起了新思維。那個新思維很可能就是造就寫作最成功的元素。準備對於什麼非？什麼是？什麼是do，什麼是do not，對現場寫作者心理建設是非常珍貴的。

過去所做的現場的寫作，最成功的一次，做的準備通通有用，就是當年一九八五年，核三廠事件。核三廠發生火災，總編輯叫我馬上南下。我說不行，不能馬上去，要慢二十四小時到。總編輯說慢二十四小時現場都沒有了，我說核電廠的現場跟一般的現場不一樣，如果都沒準備，到了那邊，會「視而不見」，看了也不知道怎麼回事，「聽而不聞」，核電廠專家講話也聽不懂。核電廠裡所有的操作都是高度的專業，不是一般學工程的人就聽得懂。當時報社裡頭，台電核一核二核三廠的所有操作手冊都在圖書館裡。我借閱了核三廠的操作手冊，兩大本，每一本都如枕頭那麼厚，用了大概十幾個小時不停的閱讀，把所有的圖、結構、特殊的專有名詞都讀過，那本書雖然有翻譯，但是在專有名詞的部分全都是原文，看完後大致上對核電廠有一定的了解。

趕赴事件現場後，駐在的地方記者加上台北派下來的人大概共有六人，大家分工，我選擇了去廠長的辦公室。因為我發現，當時應變事故，所有的情報匯集都到廠長辦公室。在廠長辦公室喝茶。大概坐了一個早上，用耳朵聽所有進來的電話跟他們現場的交談，工作人員都用術語交談。我花了快二十個小時所讀的資料真的有用，我大概聽得懂，他們在說什麼，一一記下重點。等到廠長記者會，我開始發問，廠長聽到我問的第一個問題，就問我「誰告訴你的？」我說你啊，他說我什麼時候告訴你？我說我一直坐在廠長辦公室聽你講電話。他嚇了一跳說你聽得懂？我說對啊，你們所有的術語，核電廠的操作手冊都有啊。

這就是Instant expert，在那一次關於核三廠的事件寫作上，我的報導一直領先各媒體，原因就是我在第一時間匯報報進廠長室的訊息中，已經聽出核三廠出了什麼意外。還知道核三廠當時還沒有投保。所以那一次的損失是由納稅人損失。核三廠那時候並非不想保險，因為不容易。到今天為止都有同樣的問題，在台灣建核電廠最大的問題是，很難找到國際聯保。

現場的準備工作，老實說有一點要靠上天保佑，到達現場的走踏想定，跟寫作動線和情感鋪陳，要自己有一種大局觀。現場寫作第一件事情，要問自己，打算寫幾個字？或是要做幾分鐘的影片？要做哪幾個主題？可能先有一個九十秒的先發報導，再接下去做一個完整的round up始末故事，最後搜集更多的資料做出一小時的紀錄片。等等點點滴滴，一到現場，馬上了然於心。這是一個進出現場的人一定要有的修為。

姑且稱為它是sizing，到了現場後，文字記者心中有譜，要寫五千字，或是三千字就可以，攝影配合，總共版面需要有多少張照片，寫多少圖說，要有一個最終的思維，有一個判斷。當然這個判斷要有彈性，因為有時候並不是你能決定。過去做調查報導記者的時候，了解現場後就必需報稿，打電話回台北，簡述狀況後，當天的執行副總編輯就問，給你一個版夠不夠？如果不夠，那兩個版夠不夠？再多沒有了。就是大家討價還價，是一個版還是半個，一點五還是二點五，就在談 sizing。現場有一百種寫法，可是只有一種寫法是天時地利人和。就是先決定形式 size。以前有一個度量方式，因為照片都是用幻燈片（slide）拍，有一陣子媒體不用負片，都用正片，正片比較好保存也比較漂亮，不必洗出來，拍正片的時候就是一卷二十四張。一般到現場的時候會跟攝影記者商量，說我們今天壓縮比是多少。壓縮比是十二取一，還是二十四取一。就是拍一卷只用兩張或一張，叫壓縮比。還要在現場指定，有沒有要跨頁，橫跨報紙，或是四分之一。頭版留一張是哪個場景，都講好。

不講好，回到雜誌社一定痛不欲生。因為攝影記者如果亂按一通，回來他總共拍黑白負片十卷，頭都昏了，十卷？到底有幾張可用？一般來說攝影會去暗房「壓條」，就是負片實際大小，一卷壓成一大張。攝影先自己勾選幾張，文字記者看完同意後寫圖說，就發走。照片應該要多一點時間製作，也應該先落版。sizing準確到在版面何處，佔多大面積？先跟編輯講好。現場寫作最後真正的編輯者不是編輯，而是寫手。寫手本身要兼有編輯的修煉。佈局是什麼，第一段寫什麼，如何接第二段第三段，照片為什麼在這裡，然後找畫圖的快手，拿一張地圖給他，告訴他就畫這一角落，說出事地點在這裡、畫多大面積。

現場報稿兩大版。兩大版的每一個塊塊，編輯馬上拿著一張「畫版單」來對話，先放好照片先訂位，影像先決，影像定好之後，編輯就會說，文字五千字太多，大概最多只能寫到四千二，不要再多了，多了就砍。一下砍掉八百字，策略就得調整。現場寫作非常忙碌，而且是非常喧嘩的過程，可是所有的決定是非常孤寂的，沒人了解。只有什麼時候才會有人了解呢？隔天的報紙印出來，或是影片四段起承轉合每一段九十秒講述一個故事，點出來後人家看了才會說原來是這麼回事。那時候才能體會俗世的考驗。

到了現場後走踏的想定非常重要。也就是說在現場，要能當下抉擇要啥、不要啥，總共只要幾個場景。真的非常殘忍，有些現場一看，就說這不能要。要這個要那個，幾個現場，然後告訴攝影記者這幾場，要拍準中心焦距，分頭工作，意念在寫圖說時會合。

寫圖片說明，是作為一個現場寫作者，最大的責任與榮譽。因為照片拍到了，寫的圖說夠清楚，很多的讀者可能單看一張照片、一個圖說，就能掌握到寫作的動線跟情感鋪陳。其實很多的情感鋪陳是在圖片說明裡頭，所以圖片說明不可潦草。

美國《國家地理雜誌》，真的是只要翻看它的圖跟圖說，看完以後，已經可以知道它想表達什麼。這是真正負責任的現場寫作者最專業的精神。只要照片出來了，攝影拿到你桌上，一定是first priorty，先寫圖說，把圖說寫乾淨。因為寫圖說的過程裡頭，也是幫助寫手整理情感，整理整個走踏想定，是不是可以完整地料理寫作動線。寫作動線某些程度其實是靠著影像衝擊（image impact）而來的。做紀錄片或是新聞（newsreel），第一件事情是回來後就要把現場搜集的片段（footage）快跑一遍，告訴剪接說這段這段這段是重點，這部分的文稿先寫，先讓你知道是怎麼回事。可是我等下會先寫完稿後過音給你剪，我們要挑出所有具有image impact，現場衝擊力最強的那些影像先固定。其實這個作業的思維，無論做報紙的人或做雜誌的人都一樣，都是影像先決。影像先決以後有一個好處，照片圖說寫得很好，編輯都可以下標題。標題只有幾個字而已，不能讓讀者只有看到記者跟攝影，也要看到編輯。編輯要參與，有些圖說還有小小段的黑體字的小標題，然後才是明體圖說。那是很精緻的處理，編輯的閱讀是俗世檢驗，第一個讀者。看完以後覺得棒透了，然後寫一個小標題，他參與了，如果你看編輯開始在為你的圖說下小標題，就知道成功了。那一個個現場所捕捉到的鏡頭，鏡頭寫的文字本身，已經捲起一種巨大情感浪潮。這個現場的即景跟歷史層疊，跟對未來的震盪，其實都在那個圖說裡頭表現出精髓。文字本身的描述，這時候就更有把握了。這是一個經驗談。

就是孤寂跟喧嘩互動。喧嘩就是整個現場其實哪有什麼秩序，整個是你說我說他說，一下子東一下子西，完全沒有邏輯，耳朵沒有辦法清淨，就不停有新的訊息一直進來。不停的在選擇所有的現場，但現場也一直在變化，尤其像空難，你簡直不曉得要怎麼辦，本來覺得很重要的又被新來的消息沖毀，整個結構倒塌。那個喧嘩，整個腦子痛得不得了。不知道到底有完沒完，事情怎麼會這樣，一直在發生。可是時間在飛逝，要完成這個作品，要寫出來。還是留下一種很孤單孤寂的受想。不停的思考，我挑了什麼？What is my pick? 我選了什麼？What is my choice? 要寫出所看到的事實，要看事實的真相是什麼？不可先入為主，做很多準備，卻很容易跌入先入為主。保持那種寫出看到的事實，並且要知道事實的真相是什麼。這是一個極大的挑戰，非常困難，各種說法都有，但是在現場寫手要能做出聰明的選擇。

現場採訪的時候，最重要的要找什麼？人性光輝的餘火。人性的光輝稍縱即逝，可是它有餘火，要有能力看出。如果說運氣好，在災難現場裡頭看到了那種人性光輝，捕捉到它，這是可遇不可求。還好這些光輝都有餘火。都有餘溫，看寫手夠不夠虔敬，在現場的時候有沒有感知這些人性光輝的餘火，這會變成現場寫作的最核心。甚至於到最後會有點感覺，就是為了要寫這個人性光輝的部分，所以你來到了這個現場，開始會感受到這個任務，那個責任，把人性最光輝的部分從事實發生的過程裡頭，抓出那些情感，那個餘火，回歸到原來的現場，到底是怎麼發生的。我寫作非常多的災難現場的故事，覺得那也是在非常模糊的狀況底下開始意識到為何而寫，為誰而寫。為什麼我要寫這個呢？只不過是一個大家喜歡看的災難故事嗎？不是，其實是在那麼不幸的事件裡頭，看到了人性最光輝的一面，然後抓瞬間成就因緣。只是寫作者夠不夠用心，夠不夠用力去尋找這些故事的根源。所以我說要找出人性光輝的餘火，從那個餘火追溯回去。我們有沒有沒辦法抓住人性光輝最重要的爆發時空？或是我們往往視而不見，在我們面前發生的熱力？

難怪不乏預言我們文明早期日食的先知。我不是這些悲觀主義者之一；我相信更好的時代即將到來。讓我簡單說明一下我如此自信的原因。

在我看來，目前的頹廢表現是由這樣一個事實來解釋的，即經濟和技術發展高度加劇了生存鬥爭，極大地損害了個人的自由發展。但技術的發展意味著個人為滿足社群需求而需要的工作愈來愈少。有計畫的分工正變得愈來愈迫切，這種分工將導致個人的物質安全。這種安全感以及個人可以支配的空閒時間和精力可以轉向他的個性發展。透過這種方式，社群可能會恢復健康，我們希望未來的歷史學家將當今社會的病態症狀解釋為有抱負的人類的童年疾病，這完全是由於文明進步得過快。

（No wonder there is no lack of prophets who prophesy the early eclipse of our civilization. I am not one of these pessimists; I believe that better times are coming. Let me briefly state my reasons for such confidence.

In my opinion, the present manifestations of decadence are explained by the fact that economic and technologic developments have highly intensified

the struggle for existence, greatly to the detriment of the free development of the individual. But the development of technology means that less and less work is needed from the individual for the satisfaction of the community's needs. A planned division of labor is becoming more and more of a crying necessity, and this division will lead to the material security of the individual. This security and the spare time and energy which the individual will have at his disposal can be turned to the development of his personality. In this way the community may regain its health, and we will hope that future historians will explain the morbid symptoms of present-day society as the childhood ailments of an aspiring humanity, due entirely to the excessive speed at which civilization was advancing.
—Albert Einstein）（1934, *Society and Personality*）

拿捏文字的分量

現場寫作，要修煉自己的態度，時時要自我省察，檢討自己的價值觀是否符合人性。這是寫手與現場彼此互為因果，這是對人性光輝的追尋必須掌握的價值面向。我知道很多人會覺得，在現場裡頭去講事理真相，有時候是找不到答案的，卻不能沒有嚮往之心。例如飛機失事，在黑盒子出來之前根本搞不清楚飛機是怎麼失事的。妄斷可能就會變成笑話，也非常對不起現場，寫錯了簡直是糟蹋了作為記者的尊嚴。可是我覺得，我們多少年來，如若把握人性光輝的這一塊，變成是整個故事的核心，有此心念就很難會發生錯誤。好心有好報，如果往這一人性面追找，寫作的羅盤就清楚了。寫手不是去現場尋找誰發生了錯誤，要找誰算帳，政府要不要負責任，不是從這角度去寫。要寫在不幸的事件中，最動人的故事。現場寫作是一種自我省察的過程。檢討自己的價值觀是否合乎人性。去寫爆料的，或是充滿煽情色腥的情節，那樣的歪斜念頭將毀滅寫作的人性，更見證不到餘火。過程中，內在跟外在就是冷熱交逼，寫作者內心是很冷的，可是外在環境卻讓人熱淚盈眶，那種交逼非常非常嚴苛，看到很多景象，不可能不驚恐。

我曾經採訪過頭前溪火車跌落溪裡頭的事件。先出軌掉下去的車廂，被後掉下去的車廂底盤整個切過去，所有人都是攔腰切斷。到現場的時候，整個出事的地方都是屍體。我不相信有任何記者到這樣的地方能夠完全不受驚嚇，那是非常驚悚的畫面。怎麼寫？怎麼去面對這樣的局面，怎麼樣描述？怎麼樣處理？還要考慮攝影記者拍很多這樣的畫面，一張都不能用！報社不可能登載這種血腥，不可能屍體就印到報紙上去，不可能的！這是最基本的新聞倫理必須守著，必須用某種方法去描述那樣的慘況，不能把這種屍體的照片直接放在報紙上或影片上，那不是記者啊！記者不能做這樣的事情，不曉得那樣的行業叫什麼，去爭拍那種最慘的照片，然後把它貼在媒體上讓它公布出去，不知道這樣叫什麼行業，我們沒有任何稱呼，真正的記者是不能幹這樣的事情的。可是怎麼辦？所以那種冷熱的交逼其實是非常嚴肅痛苦的，用痛苦兩個字形容是因為，看到的不能寫，甚至不能拍，怎麼辦？在現場就要做決定，非常多的內容要怎麼去描述那樣的慘況，描述整個事件發生的過程，包括鐵路局，還有當地的警察靜默齊聚在那個地方善後，家屬的誦經隊，招魂幡都到了，人世間不曾見過的情境，全部都浮現。那就是一種冷熱交逼，一般人沒有任務，看完回去吃不下飯而已，寫手有任務，回去還要寫五千字，請問要寫什麼？這是很大的挑戰，在寫現場有非常多的這個感慨。

寫出來的作品要記得，要對得起那些經歷苦難的人。寫作不可以消費苦難的人來成就作品，不能踩在屍體上，堆高自己的位子。基本上，能將這些現場寫得好的寫手都會成名，我曾經因為寫了非常多的現場得了很多獎，金鼎獎、文藝獎、新聞獎，都因為「把現場帶回來了」。包括歷史的層疊，以及在現場即景的，還有對後來的震盪，讓許多讀者，包括評審，感覺到作品具有感染力。可是這過程並沒有歡愉感，會開始自我省思，這個成名是不是踏著非常多的白骨前進？作為一個現場寫手，有時候非常矛盾。到災難現場採訪時，如何抓緊自己的情緒，不能被情感左右，必須用理性的態度去面對災民。這樣的自我控制，沒有人是天生就會的，到了現場，不論誰都是被自發的情緒抓走，因為那是人，是人性，受災者太可憐太慘了，一掬同情之淚，然後趕快擦掉淚水，開始工作。現場中那個人性自然會隨時左右寫手的情緒。現場寫作者那樣的情緒管理、那個自我心理準備，沒有什麼招式，因為從來沒想過有那麼慘的現場。比如說礦坑災變，礦工入礦坑的時候，他們會把自己的名字木牌掛在礦坑前，出礦坑後才能拿走那個名牌，掛到另外一個出礦坑的告示，到礦坑爆炸現場，看到入礦坑的名牌滿滿的，就知道沒有一個人出來，然後外面有一整排，全部是礦工的太太小孩在外面哭成一團。那種場面，多數人從來沒有想過那樣的場面，怎麼處理？可以把攝影機往他們靠，前進特寫去問他們嗎？或是只能將鏡頭拉很遠，以一種不介入的方式來白描觀察。要用很遠的廣角鏡頭呢？還是用close up？哪一個選擇是對的？那是人生非常痛苦的抉擇。作為一個寫手，心中自知what is right? what is wrong? 可是在這之間要馬上抉擇。在作品裡頭，要能對得起那些經歷苦難的人，一點點慈悲心，是人性基本。缺乏那樣的慈悲心，就太沒人性了。能夠維持定力的寫手卻必須承認，必然有一定程度的冷血。因為只有那麼冷血的人，才有可能在如此呼天搶地的悲慘現場中依然非常沉穩的處理鏡頭語言，與文字。甚至有些時候還必須做現身說明（stand），那樣的挑戰多大。後面一排人正在等待他們自己的親人，不知能否生還，現場記者拿起麥克風開始講話，How do you do this? 要怎麼做？那時候的心理準備是什麼？現場寫作其實最困難是這一塊，取到了人世最悲涼的鏡頭，千萬要非常小心的使用，因為問出去的每一句話都可能成為沒有人性的笑柄。不能踩踏受災人的苦難去成就作品。如果在那個現場裡頭，沒有被這些受到災變的人認同，他們願意對著鏡頭開始講述他們心裡頭的悲苦及希望，如何讓訪問跟鏡頭變成他們的一種安慰（relief）。他們因為講了以後覺得自己至少有一種發洩，有一種情緒出口，他們的心境能夠找到安定，能做到這樣，採訪才能進行。可是到了現場如何變成一個會被認同的採訪者？是非常困難的事。所以那個虔敬的心，跟同理心的準備，其實是寫手無上的心法。

寫手的永恆視角

講一個例子，I．F．Stone，在寫作過程「賓主反轉」的例子，這個美國作家已經過世了，他叫做史東（Stone），他寫文章有很厚重的人性光輝，年輕時代在美國一個很小的州地方報做記者，他的報社賣得最好，他擅長寫火災現場，面對生死掙扎的人性光輝。他的時代，美國是一個很多火災的地方，到現在還有一個影片叫做《芝加哥烈焰》，專門講芝加哥滅火隊的連續劇，美國的確是一個很常火災、到處火災的地方，I．F．Stone是一九三〇年代到一九五〇年代左右，當時記者裡頭最會寫火場報導的人。他很會寫消防隊跟居民的故事。他不是寫那種火場鑑定報告很死板的東西，他寫了很多這種火場的經驗以及救火的過程相互映照的人性光輝，他發掘了美國城鎮守望相助的力量，生離死別的情感都非常濃郁。他是利用這些小鎮的火災發生的過程去探知中間所有人性的脈絡跟人間的生死關頭。某種程度來說，是人類學的探究。透過一個火場去探究人類學的細節。他曾經說，「因為我太會寫了，太喜歡寫火災裡人性的生離死別，上帝就放了一把火給我寫。」他的意思是說「是不是因為我做得太好了，災難才會不斷發生，好讓我去處理？」這是I・F・Stone在晚年的時候寫了一系列文章中的一段反思。年輕時代，當時還是記者，我讀到他這段話感到非常震撼，開始有這樣的恐怖感，會不會是因為太會寫災難了，就一場場災難不斷發生，不斷讓我去現場？我開始有這樣的迷信。每次趕赴災難現場都有這樣的內在不安。我讀到他這段反省的時候就笑出來，為什麼這些處理災難的記者都會有這種突然感到很恐怖的感覺，他講這句話其實是非常經典的現場寫作者內在的反省，有時候會有點illusion，這樣的誤解、迷信。這種「賓主反轉」當然不是真的，可是像I・F・Stone這樣的反省，是一種作為現場寫作的記者，最人性最真實的表白。也就是實在很無奈寫了，可是又對於自己能寫那麼好感覺到非常躊躇，非常猶豫。覺得會不會在因果關係裡頭，自己也成為「因」的一部分，「因為太會寫了，所以上帝放火給你寫。」這種抽象討論，對於一個記者人格的養成，其實有很大的幫助。對寫作跟社會責任賓主關係的思考產生警訊，就是成就不能得意。其實人世間最苦難的事情，在寫手筆下忠實記錄了以後，其實再來的是一種慈悲跟見苦知福的深層理解，如何從痛苦中走出來，整個人性關口出入的過程，其實是很核心的議題。偉大的作家都來自最衝突的現場，二十世紀的重大戰役包括一九三七年西班牙內戰，大作家都去過了，還有一九五〇年代韓戰，I．F．Stone是寫過韓戰的，也有人去過一九六〇年代越戰，很多作家或是記者都有參與戰爭，他們的寫作都在戰場中顯現。為什麼二十世紀的文學作品動人？原因都跟戰爭有關，非常多好電影，人性的衝突面很大的電影都是一次或是二次世界大戰，不管是在海底下或是在陸地上，不管現場在德國還是在法國，哪一場戰爭都是，非常多重要的作家都曾經到過這些現場。《百年孤寂》（*Cien años de soledad/One Hundred Years of Solitude*）作者馬奎斯，這個諾貝爾獎得主曾經說，「我其實沒寫什麼，我只寫了我族人的生活，你們卻說驚奇無比。」這些生活都被記錄在《百年孤寂》這本書，這就是馬奎斯他對著所有人講說他其實沒寫什麼，寫的只不過很平實地記錄了族人的生活。而外界不懂得他們民族的人，卻說這叫做「魔幻寫實」，他的意思是說，「對不起，這個不是小說，是我們真實的生活。」《百年孤寂》說的是「我的族人完全不被世界了解，世界了解後卻說那是小說。我告訴你那不是小說，那是我族人的生活，你們卻說它是魔幻寫實」。他不懂這是為什麼，他不懂這樣的差距是什麼。諾貝爾獎拿到他手上，他並沒有喜悅，因為他只不過寫下族人每天的生活，世界卻覺得驚奇無比。

其實這個某種程度都是在表現出那個現場寫作者，他覺得自己寫的很平實，可是所有的讀者卻讀成驚悚小說。我看到這樣，我寫下來，但讀者卻覺得驚奇無比，這種反照對比非常強烈。現場寫作某種程度的魔幻跟迷離的地方其實就在這裡，這是無價的，無可比擬的人生體驗與衝擊。世界上有很多前瞻者，似乎可以預見現場的永恆性，勇敢的參與了。海明威就是。基本上西班牙內戰啟發了他的作品，畢卡索畫作也質疑了人性的奧祕訊息，這是在第一次世界大戰他所畫出來的作品，對自己與所屬世界的全面反省，其中有悲憤也有呼喊。什麼是客觀？這些人全部用主觀的方法挑選了他們的畫面、挑選了他們的用語、處理了他們的現場，當我們從遠距離用歷史的眼光，去觀照這樣的作品，卻覺得他們很客觀。這是非常奇妙的映照，甚至於很多人拿他們的作品來作為大戰的一個歷史切片。怎麼樣去批判大戰，怎麼樣去評價？他們的作品常常被拿出來引述。

他們正是在現場寫作，他們做得到的原因都是writing on the scene，在現場巡查採集的時候就已經決定哪些情節段落，並且在心中早有盤算，哪個段落是開始，哪個段落是結尾。在現場寫作，把現場帶回來，在心中反覆琢磨，然後引爆情感，鋪排寫作動線，情境的想定，故事的展演，這些心靈過程，都不是到回書桌、畫布去寫去塗的時候才決定，都是遊走現場的時候已然心意已決。絕好的創作者都是在現場寫作，在現場就已經決定句子是什麼，段落是什麼，心中不停的盤算如何開頭？如何結尾？在現場都已經想定。回來坐下來動筆，只不過是把那些文字如印表機一樣，印下來。一個提醒，任何不在現場決定的事情，回來其實就沒有了。現場就像「陰陽魔界」一樣，離開了，情節變動的門就關了。

只有在現場寫作，現場細膩的變動才可能瞬間捕捉得到，白描的力度才能切中主題，而對話的精確才會有機會反覆查證。開始訪問，就要保證你的訪問獲取的「引述（quote）」一定切中要害，甚至關連（articulating）了情節的起承轉合。在現場就才能反覆查證，白描才能樸素真實，不偏差。一旦離開現場，沒有辦法回去了。回去聽寫，看影片，讀場記，開始寫作，就完了，憑印象決定如何下筆是最惡質的寫作，因為寫的已經不是現場。在現場沒有做決定，怎麼開頭、怎麼結尾，甚至開頭第一句話怎麼寫、結尾是文字？是用對話來開場呢？還是以現場的白描開場？都不一樣。

現場記下來的筆記，其實是要提醒自己的決定，筆記上用紅筆標示頭尾，第一段第二段第三段，要什麼內容都定位了，回去看著出場序開始動筆。腦子已經有一個完整的故事。每一個在現場已經決定的頭尾身，重要的轉折如何過場（transitioning），段落之間要怎麼傳接。大腦會有一種自我深度學習（self learning in depth），神來之筆。當然要記得每一個情境都要二百字，就是一塊一塊馬賽克拼起來，尤其是現場寫作，要精算總共有多少個事實？多少個情境？多少個時序？多少個地點？多少個情緒轉換穿梭？分別都在寫作大綱上標定出來，每一個單元在二百字以內要寫完，然後串接起來。要記得所有的現場段落二百字，不得超過。

別相信記憶，人的記憶一定會犯錯。如果在現場哭天喊地，就不可能有正確的記憶，連名字都可能搞錯。記憶是不可靠的，因為記憶難免出錯，直接在現場形成故事，採集的時候就想好用詞，並正確筆記。做了每一段筆記，不可以隨便，筆記要精準。比如說，現場訪問了一個人，以前的習慣是，訪問完後，就記下引述quote他的話，要重新問一次，「你剛剛跟我說的是這樣嗎？」一字一句重複說給他聽，「你是這樣說的嗎？」他說是，這一句話，我就用紅線畫起來，這是文章中要quote的話。一定要這樣做，不要聽錯、記錯，一場誤會，很冤枉，功虧一簣。包括現場的名字，地名也要很正確，所有出現在文章裡頭的細節，quote的人，名字每一個字都要對。如果忙中有錯，就對不起自己的文章，也是對現場寫作的不負責任。現場寫作其實是忙得不得了，腦子必須多工（multitasking），不只有一個念頭，是有幾十個念頭同時發動，還要想好回到編輯台，第一件事情就要交待編輯請他做準備，要告訴他，寫、編計畫，哪些是重點。過去的經驗是大概花十分鐘，開出故事大綱，就可以放心去寫。因為編輯有了整個故事的拓樸，文稿一出，他馬上就會知道怎麼定位。四十年前，寫稿沒有電腦，也沒有新聞室自動化（newsroom automation），手寫一張稿子兩百字，編輯都是我寫一張就來撕一張，因為趕時間，怕來不及，我連再重新看一次稿子的機會都沒有，編輯已經拿走了，撕走了就是他的。桌面上是有一張寫作大綱筆記，寫一張就打勾一個，一二三四五六七，已經寫到十，計畫總共要寫到二十，那你還有十個要寫，一個二百字，所以還有二千字要衝刺。趕快一路寫，寫完劃掉、寫完劃掉，再來看到自己文章的時候，已是隔天報紙印出來的時候。隔天早上起床看報，啊，原來昨天寫了這一些。當然心裡頭沒錯，寫出來就不會錯。

現在讓我們考慮一下我們所處的時代。社會怎麼樣，個人怎麼樣？與過去相比，文明國家的人口密度極高；今天的歐洲人口大約是一百年前的三倍。但主要人物的數量已經按比例減少。只有少數人透過他們的創造性成就被大眾稱為個人。組織在某種程度上取代了領導人物的位置，特別是在技術領域，但在科學領域也具有非常可察覺的程度。

在藝術領域，缺乏傑出人物尤其引人注目。繪畫和音樂肯定已經退化，並在很大程度上失去了其大眾吸引力。在政治中，不僅缺乏領導人，而且精神獨立性和公民正義的熱情也在很大程度上下降了。

以這種獨立為基礎的民主議會政權在許多地方被動搖了；獨裁政權興起並被容忍，因為人類對個人尊嚴和權利的意識不再足夠強烈。

（Let us now consider the times in which we live. How does society fare, how the individual? The population of the civilized countries is extremely dense as compared with former times; Europe today contains about three times as many people as it did a hundred years ago. But the number of leading personalities has decreased out of all proportion. Only a few people are known to the masses as individuals, through their creative achievements. Organization has to some extent taken the place of leading personalities, particularly in the technical sphere, but also to a very perceptible extent in the scientific.

The lack of outstanding figures is particularly striking in the domain of art. Painting and music have definitely degenerated and largely lost their popular appeal. In politics not only are leaders lacking, but the independence of spirit and the Thee of justice of the citizen have to a great extent declined. The democratic, parliamentarian regime, which is based on such independence, has in many places been shaken; dictatorshipe have sprung up and are tolerated, because men's sense of the dignity and the rights of the individual is no longer strong enough. —Albert Einstein）（1934, *Society and Personality*）

第04講 寫別人就是寫自己

寫作大致上跟兩件事情是最相關的，第一是現場寫作，第二是人物的寫作，一個是以現場為主的寫作，事件的寫作，一個是寫人，以人為主的寫作。寫人是最困難的，寫景、寫現場白描對話都還有一些準則規格，可是寫人沒有。寫人幾乎沒有一定的方法，每一個人都不一樣，沒有任何公式可以套。但是有一個原則可以掌握：寫別人就是表白自己。一個寫手最重要的因緣就在這個境界。因緣的意思是說，並非全世界每一個人，你都會願意寫。只有可能去寫某些人，可是如果把寫過的人的故事集合在一起看，會感覺到自己的內在望想。傳記作家在寫一些人物故事，其實可以看成是，某些人的生活史裡頭，可以找到能跟寫手自己共鳴的經驗質地時，他就有很強的動力去寫那個人。所以如果要把一個人的故事寫好的話，那一定是寫手心中有一些議題，有一些內涵、情感、理性，有一些說理，寫手想藉著寫那個人去表達。也有人喜歡寫自傳，那就是寫自己，這更是真相大白，他就是想要表白自己。寫別人其實也在寫自己，他可能寫的是自己所嚮往的，無限遠的憧憬，他做不到的，也有可能寫的是他自己也實踐，他也很欣賞喜歡的，他藉著別人的故事述寫了自己的表白。這裡頭最核心的議題就是熱情、責任感與判斷力。下一篇講以感恩為史觀的悲心，也就是會愈來愈集中去談論寫手自身。

觸及到數位時代到底寫手面臨什麼樣的局面。跟過去的時代不一樣，不一樣在哪？

下筆的責任與負重

寫別人就是寫自己。最核心當然是在講作為一個寫手，熱情、責任感、判斷力，如何安置？以人為核心的寫作，以熱情、責任感、判斷力去展現人的價值觀，對閱聽者的影響特別大。下筆去寫的人，通常具有一定程度的典範價值，素描人物的典範價值，有點像拍攝人物特寫，聚焦夠不夠好。或是能不能在那樣的人的事典中間找到最核心的人間美學。其中特別重要的推動力是熱情。

德國哲學家在廿世紀初就寫下這個原則。當時在討論的是政治作為志業的內省。就是說，任何人如果要做眾人的事情，即政治，自我要求是什麼？這裡的政治不做世俗的一般解釋，聚焦在哲學領域，從服務眾人的理念出發，政治這兩個字是指願意為眾人來服務獻身努力的立願。韋伯（Max Weber）說，作為志業的內在反省。這個內省其實跟修煉有相對映的意思，Max Weber所講的這個內涵引流到作為寫手，特別是在數位世代，在social media寫作或是在傳統的mass media寫作，最核心的服侍（service）或是接受差遣（being sent）的想法，不管哪個宗教，是基督教，是佛教，或是其他宗教，服務眾人的想法，服務眾生的想法，都是最核心的價值觀。十九世紀德國出生的哲學家韋伯（Max Weber, 1864-1920），他所講的這三件事情非常精準，到今天為止沒有人超越過他，能夠說出「倫理」的更好的定位。過去四十多年來做記者，常常觀察其他寫作者的心性，我做過經理、也做過副總經理、也做過總經理，過程中強烈感覺到，任何一個媒體人能夠把事情做得好，熱情（Enthusiasm）保持人的溫度，與那種對於世界上所有事情的好奇心，並願意參與和了解的願力指數，絕對是破表的。熱情破表的人才有可能參與寫手這個行業。

寫手這個行業所要受到的挑戰非常多，打擊非常多，這個路其實非常難走，甚至可以說根本就沒有路。路就是孟子講的「介然用之而成路」，自己走出來，與美國詩人佛羅斯特（Robert Frost）說：人煙稀少的路（The Road Not

Taken）很相似。過程絕無高速公路可行，甚至沒有交流道可以上下。

ＡＩ伴行（co-pilot）數位寫作的路裡頭，還有ChatGPT來鬥鬧熱，常常被以為有高速公路可行。把寫作的車子開上去，結果發現沉下去，因為ＡＩ不是路，是河，一條河，誤認河為路，不沉才怪。數位運用中，寫手看到一個開闊地，把車子開上去，結果不是地，是湖，車也沉下去。看到一個有綠草波浪的草原，衝上去結果也沉了，因為它不是草原，是海。用這種隱喻（metaphor）變形的方法來說明數位時代的凶險，非常必要。今天的媒體，用自己以為知道的方法去作業，以為新的科技只是收納老媒體的一個框架，錯誤在所難免，以為是什麼，常常都不是。一場誤會。

如果沒有能夠獨立思考和判斷的創造性人格，社會的向上發展就像沒有社群滋養土壤的個人個性發展一樣不可想像。

因此，社會的健康在很大程度上取決於組成社會的個人的獨立性，也取決於他們密切的社會凝聚力。有人正確地說，希臘—歐美文化的基礎，特別是它在義大利文藝復興時期的輝煌繁榮，結束了中世紀歐洲的停滯，是個人的解放和相對孤立。（Without creative personalities able to think and judge independently, the upward development of society is as unthinkable as the development of the individual personality without the nourishing soil of the community. The health of society thus depends quite as much on the independence of the individuals composing it as on their close social cohesion. It has rightly been said that the very basis of Greco-European-American culture, and in particular of its brilliant flowering in the Italian Renaissance, which put an end to the stagnation of medieval Europe, has been the liberation and comparative isolation of the individual. —Albert Einstein）（1934, *Society and Personality*）

如果數位是一條河，傳統寫的內容只能在路上走，那當然要出事。在河裡頭，要會游泳才對。數位時代雖然極具破壞性（disruptive），可是仍然有恆常不變的內在。

一九一九年，韋伯在慕尼黑大學發表了這篇名為「政治作為一種志業」的德文演講，熱情（Leidenschaft）、責任感（Verantwortungsgefuhl）、判斷力（Augenmass）。英文語意分別是：Enthusiasm, sense of responsibility and judgment。這是有順序次第的。第一個是熱情。熱情這一關過不了，卻說有責任感（sense of responsibility），其實是很難置信的。沒有熱情的人怎麼會有責任感？如果說一個人很有責任，可是沒有熱情，也不合情理。判斷力其實來自熱情跟責任感，判斷力是基於道德上的呼求，叫做moral imperative，道德上的一種規範，自我規範，一種道德的戒律。道德的戒律（moral imperative）來自什麼？discipline，規範，有一個規範，法律的話，就叫做legal commitment，人世間應該有框架，內省有遵守的意願，然後有外在規範。總的結構起來，才會形成判斷力以及責任感。也就是說，寫手自覺「一文足可興邦，一字可能亂邦」，覺知自己寫的內容對社會有強大的責任。寫手並不是知道什麼就寫什麼。能夠知而不必寫，知而不要寫。有時候多留一點點寬容，讓自己的文字保留一些餘力，這個都是包含在責任感的範疇。熱情讓寫手往前衝，責任感讓寫手停看聽，判斷力讓寫手進化容忍，有如佛教「大勢至菩薩」的理念，沒有勇猛的毅力就不會有喜捨的善行。前置是什麼？前置就是在Max Weber，政治作為志業內省的修為。與風林火山互為表裡。下筆疾如風，思考徐如林，像一座森林一樣的緩慢。實踐烈如火，行動起來急急如律令，掌握到核心價值，非做不可的堅持，心意已決的狠準，一定要做的事就不可以等待。因為機會稍縱即逝。稍微猶豫，時空就過了。即使受到極大的打擊，都不後悔，不動如山，就是要繼續守恆，守住心中恆念。

寫手的修煉，熱情、責任感、判斷力，如果少了這些內涵，再好的技術其實都索然無味。ＡＩ就是。ＡＩ作為文章生成器，冷的，是沒有熱情的。或許未來的深度造假（deep fakes），可以讓ＡＩ造假出高度的「熱情」，甚至源源不絕，仍然會被識破拆穿。

人性自發的熱情，有其奧祕，有一些藝術家甚至是在所不惜燃燒自己的生命力。梵谷是有高度熱情的畫家，每天都被腦中一幅又一幅的原生畫作牽絆，根本就停不下繪畫的手，也有一些音樂家有這樣的熱情，腦中不斷有自發的音樂出來，甚至形成一種折磨。在這個潛意識與意識相互滾動的過程中，責任感與判斷力有一種特殊的脈絡在運行。

作品最後都要回歸到面對俗世的批判跟挑戰，要接受俗世的挑戰。不可能歸隱荒林，藏諸名山，不起作用不接地氣，這個不合創作者大腦最原始的念想：溝通（communication）。

如果對於Max Weber的熱情、責任感、判斷力，想要更深的理解，就必須閱讀Max Weber的哲學理念。作為西方的、德國的學者，他的理析，符合現代西方國家跟社會和政府發展的核心價值觀。歐美國家的政治人物，其實都深受Max Weber哲學，政治作為一種志業的召喚影響。

寫作時的心靈情境

這個哲學觀在「寫作心理學」上涉及非常複雜的理念，最核心是在描述寫的那個我，寫手表型就是「寫的那個我」。「我」有好幾種，歸納起來至少有四個，第一個是「寫的我」，第二個是「想的我」，第三個是「看的我」，就是看著自己在做事情的另外觀照，尤其音樂家常常會有這樣的感覺。音樂家都會感覺到自己幾乎是無意識的手指在鋼琴上，或是在吉他、或是在小提琴上奔騰，演奏的時候好像沒有在用腦子思考。每個音符都是正確的演奏出來，好像手自動飛快移動。這時候音樂家跑出另外一個我。就是看著觀眾與聽著自己的音樂，這樣子的我，就是觀照的我，寫作者其實也會，寫下來的文字會有另外一個我一直在觀照著文章的行進。那個「看的我」會跟「想的我」與「寫的我」之間有互動。這三個我之間在創作過程不停的吸斥。

第四個就是「說的我」。用語言說出表達的我。這四個我，所對應的層面都不一樣，也就是「內省」。熱情、責任感、判斷力這個過程，每一層我的概念在不同時空會有不同的宰制力。可能是「想的我」或是「看的我」、「說的我」就變成了主導，成了主角。「寫的我」會受到控制，或是之間相互牽扯，而寫出不一樣的字句，浮現不一樣的字眼。「寫的我」是思考跟行動的驛站，運轉中心，記憶的標示。「寫的我」某種程度是「想的我」的表型，然後受到「看的我」的內回饋（internal feedback），以及「說的我」再推敲，然後寫出文字，文字落定成白紙黑字做了紀錄，形成記憶的標示。同樣的事情，不同的時間，會寫出不一樣的內容，因為轉運的過程不一樣，所受到外界的條件不一樣，寫手要清楚地認知到自己「寫的我」作為思與行之驛站的這層意義。

這樣的「寫作心理學」的自我剖析，要用導讀，或是欣賞，去客觀分析。

看一些好的作品，理解作品內涵是什麼。可以解讀作者的思與行。他的記憶的標記是什麼？在文章中從他「寫的我」裡頭，可以透視出「想的我」，跟「看的我」以及「說的我」之間微妙的關係，這是解碼（decode）。書寫文字其實是coding，一個符碼化的過程，有本事讀進這個符碼的人，會有一個新的解碼的路徑，在解碼與符碼化過程之間有某種意識的傳遞。這個意識的內涵可以分析，是「寫作心理學」的觀察。寫作其實是寫手心理情境的不斷演化，而且不只是作者本身的心理情境。當發出這樣一個文字紀錄以後，數位時代，牽動的是全球的，所有人觀看到他的心靈活動，以及思與行之間，非常多元的網路互相結合。這樣的事情其實每天都在網路裡頭發生。只不過若不是來自熱情、責任感、判斷力的，就成了「垃圾進、垃圾出」（GIGO）。甚至於是來自某種程度的捉弄，或是說來自於具破壞性情緒的酸民，造成一種互相之間很混亂的風暴，都是數位時代的黑暗面。

「寫的我」是覆水難收，「想的我」是自由的無邊際，幾乎沒有任何的限制。受到環境各種的影響，不斷的改變。有一些人，下筆很難專心，不能夠集中精神的原因是那個「想的我」不斷受到影響，牽動「寫的我」的三心兩意，專注力被破壞。專注力被破壞有沒有不好？好像也沒有。有時候就是因為專注力被破壞以後，寫作產生了一種在英文的名詞叫做 twist，就是文章或是影片的剪接，突然有一個 twist 扭轉，就變成另外一個故事線，然後再回來，就創造出一種不凡的、很不尋常的說故事趣味，可能帶來更多的省思，因為有了不是同一個軌道的開放。理性上，應該要集中精神的，極專注力的去寫文章，有起承轉合的構思固然是好的，有這樣的專注力，寫作速度才會快。可是那個專注力如果到最後都變成一成不變的行禮如儀的時候，寫作就變很無聊了。甚至跟心靈無關。心靈有關就是「想的我」，保持自由無邊際，所以這個自由無邊際有時候是不是一種干擾？是，有時候是一種干擾。有時候是非常無厘頭的，可是在那個無厘頭裡頭是否是一種因緣，正在寫這個東西的時候，腦子出現了完全無關的東西。這只是單純的不專注嗎？還是這個不專注其實是有其因緣不可思議的部分？若有不可思議的部分，寫手能夠在這時候抓到瞬間（seize the moment）。抓到這個因不專注而跑出來的那個另類「想的我」，「想的我」干擾著「寫的那個我」的軌道，要不要去修正、去調和？「寫的我」是思與行的驛站，一個轉運站，到底是要往高雄走還是去台北？明明寫作是要往高雄寫，可是想的卻往台北走，兩個我一百八十度在那邊拉扯，這樣的混沌態（chaotic）沒有意義嗎？很難講，可能有意義。可是那個意義，當下能不能理解呢？能不能在那時候找出真相，就是說那個想思糾纏有一個轉折點（point of twist），好的文章其實有時候令人非常驚訝，就是一個轉折，全新境界。是怎麼來的？那個轉折是不可能設計的。來自直覺（intuition）及不期而遇的因緣（serendipity）。

以下這個故事很值得探究：

佛陀夜睹明星悟道云：「奇哉！奇哉！一切眾生皆具如來智慧德相，唯以妄想執著不能證得。」

釋迦牟尼佛生來具有與眾不同的稟賦。他拋棄了王位，出家求道十二年。學了各種苦行，用了各種不同的方式誠懇的學，專注功夫，終於他認為那些全都不是道，不是究竟，於是又到酷寒的雪山上去修苦行，經過六年，認為苦行也不是道，只好離開。後來在恆河邊菩提樹下打坐，發誓非成無上正等正覺不可，否則便死在那裡，最後終於夜睹明星而悟道。

求道、苦行都是專注力一〇〇%，夜睹明星則是抓住永恆的分心扭轉。「菩提樹下夜睹明星」已經說完了。至於看到哪顆星？已無關宏旨了。

讓想像力無拘無束

轉折就是一方面「寫的我」很專注，而「想的我」又非常自由，兩個不同向發生碰撞。如何處理這個想的我跟寫的我之間的矛盾？我家小孩雪洋在家自學（home schooling），教他寫文章的時候，第一件事情就問他，現在腦子在想什麼?有一個題目下了標題後,他就開始講想什麼。有時候他想的事情跟題目一點關係都沒有。明明要寫東,但一直往西想。這時「想的我」自由無邊際。他把腦子裡的自由邊際都寫下來,不知道到底用得到用不到,記了很多以後,因為當天功課是要寫五百字的文章,有幾個重點就足夠寫五百字,結果就出現非常有趣的事情。小孩的自由無邊際,其實比大人的自由無邊際還要更無界限。

事情是這樣的,有一天雪洋去爬七星山,回來以後就說要寫一篇作文,有關他第一次去爬七星山,他依例把想寫的事情都列下來。結果跑出三個字:三星蔥。我就問他,那七星山呢?我們去七星山你寫三星蔥幹什麼?他說第一次知道七星山這三個字是因為去陽明山,到小油坑時,他看到有一個牌子寫七星山,他當時看到「七星山」三個字的時候,就聯想到「三星蔥」,而且印象深刻。我說這很無厘頭啊,他說這一次去爬七星山的時候,心裡就念想著應該有蔥可以拔,結果沒有。但是「三星蔥」印象揮之不去,他覺得還是應該要提一提。他就這樣如實記寫，說為什麼會有三星蔥，因為前一年去宜蘭三星吃到蔥很美味，特別是炒蔥的料理很別緻，便牢牢記得三星蔥，所以誤以為有「星」的，都有蔥。完全自由無邊際，他意外地用了這個故事開頭，一開始twist就轉出去了，文章一路討論七星山沒有蔥的事情，變成了他寫七星山這個故事的緣起。他寫的那個天馬行空，笑翻一群同去登山的大人。小孩寫文章不應該教他寫起承轉合。應該是要讓那個「寫的我」本身，去聆聽「想的我」的天馬行空。那種自由無邊際，是作為一個小孩最大的享受。「寫的我」常常必須跟從大人作文慣性去攪和，就寫成論文了。外在的定位制約來了，「想的我」不見了，趣味都沒有了。

寫的經驗可以有那一種無邊際的自由去思考的時候，小孩就會產生完全不一樣的介面。為什麼強調「想的我」？因寫作的人都有壓力，可能截稿時間，迫於交稿，就會逐漸被制約成要寫文章的時候不要胡思亂想。都已經快寫不完了，怎麼還有那麼多奇怪的想法。可是，好像是有那些自由無邊際的想法，才會使這個文章中本來很多難以解決的轉折，找到通路可以穿過去。所以應該是要鼓勵「想的我」能夠自由無邊際。

「觀照的我」是靈魂出了軀殼。觀照的我其實是所有作品的第一個audience，第一個觀眾。「我」既是演出者，本身也是觀眾，也有讀者的角色，既是作者也是讀者。靈魂出了軀殼的感覺其實是非常有趣的經驗，在大學的時候有一陣子，一天大概彈四到六個小時的吉他。彈古典吉他，彈佛朗明哥。每隔一兩個月就會有學校辦的音樂會，請我去彈壓軸的曲子。那時候有一些曲子，彈得非常純熟，一上場彈的時候常常就會有這樣的感覺。

首先的感覺是，手指完全自動，自己走，似乎是無意識的手指快速運動。然後「觀照的我」出現，一直在仔細聽著琴音，琴音在這個展現的過程中，不斷因「觀照的我」而修改音色。修改是來自演奏廳情境演奏的時候，吉他絃音的聲線在此環境中彈奏，產生某種回音「殘響」，音樂彈出去以後又回來，會讓演奏者內在覺知，可以用更強或更弱的指力，讓這個「殘響」音色更好。每一個演奏廳面對著樂聲都有不一樣的效果。有時候演奏廳很大，需要用麥克風去擴音，即使是有彩排，最後上場時也只有一兩分鐘的時間試一下麥克風的聲響，微調一下距離，就要開始彈了。彈的過程中仍然有機會可稍微移動小小的距離，讓那個吉他圓孔音口所灑出去的聲音，如何跟麥克風作用產生擴散，那個修正，都來自「觀照的我」的主觀，也就是靈魂出了軀殼。後來改拉小提琴的過程，也有相同的體會。現在藍芽麥克風可以將YT中大音樂家的作品播放出來，拿起小提琴隨興拉奏其中段落，更可以感受到不同的「我」的相互關照。終於在寫文章的時候也意識到這個感覺。「寫的我」如火如荼的被折騰，可是有一個悠閒的出竅的靈魂一直在看，說怎麼寫那麼慢？字就這樣用嗎？沒有更好的？標點符號怎麼下？不斷切入。這不是「想的我」，而是「觀照的我」。文章的形成過程，會產生另外一個內在評論者，會去影響「想的我」，這三個我之間在寫作過程，會在心裡層次感受到有趣的互相牽動。對寫手來說某種程度雖然折磨，也有趣味。

「說的我」是假面（facade）跟真性（inwardness）之間的一種投射。「說的我」其實常常是在幾個我裡頭，最有可能是「假的我」。那是一個有化妝的、戴面具的假面。而「寫的我」會受到這所有「我」影響，有時候寫寫寫，「說的我」會爭議這樣寫太直接了，要不要用另外的詞委婉一點。這就是真性跟假面的交切。寫作不太可能完全寫出真性，其實會有假面的修飾，這是一個很不可思議的因緣互動。寫作其實是「不同的我」的新生跟再現。「我」不會是一成不變，會在寫作內容題材與觀測之間，不斷的新生，不斷的再現，如果能夠非常仔細地去觀察這些變動，理清楚每一個我之間的差異，寫手心路歷程可以明白呈現。寫作速度會比較快，因為可以抓到糾纏的線頭。感受跟衝擊力道會更強。若合符節的，會抓住在這個時空最好的寫作方式。影響所及，不只精進了內文結構，也不斷的有靈感浮出對標題、小標題、圖說，在一些內文無法清楚表達的意涵或是無法濃縮、無法聚焦的部分，都可在標題、小標跟圖片說明中具體突現（emerging）精煉的文彩。

畫龍點睛的靈光

文章要能夠掌握全局，可以是在標題、小標跟圖說，或是在影片的某些旁白跟情境去表達，這都是一起連動的。這種現象在現在的social media格外醒目。傳統內文的寫作，寫完了交給編輯去做標題、小標，甚至於圖說有時候都不是寫手寫的，是攝影代勞寫下來，其實某種程度削弱了文章的力度。一個寫手要接受修煉，必須在電子文稿裡頭全部佈局完成。也就是寫作不是只有內文，應該自己下標題，或與編輯合作，就出書的定義合作下標。如果需要小標的時候也應該下。如果某一段內文需要變成黑字，要突顯出來的話就標示，讓編輯看到了這些起起伏伏，感受到比較立體的脈動。文章就不只是一個平面的，是一個比較具時空感的文字，加上圖說，這種表達，會改變一個數位編輯在編寫內容的時候產生不一樣的想法。這樣比起只是給word檔，只有內文，會不一樣。

個人，如果從出生起就獨自一人，他的思想和感受將保持原始和野獸般的程度，以至於我們幾乎無法理解。個人就是他，他的意義與其說是因為他的個性，不如說是作為一個偉大的人類社群的成員，這個社群將他的物質和精神存在從搖籃引導到墳墓。（The individual, if left alone from birth, would remain primitive and beastlike in his thoughts and feelings to a degree that we can hardly conceive. The individual is what he is and has the significance that he has not so much in virtue of his individuality, but rather as a member of a great human community, which directs his material and spiritual existence from the cradle to the grave. —Albert Einstein）（1934, *Society and Personality*）

文字的魂魄跟靈現，在標題圖說相伴時最有力。仔細看《國家地理雜誌》，那是已經辦了上百年的雜誌了。隨便拿任何一本來，打開閱讀，看圖說看標題，看小標題，看完了以後有一種感覺，對那個文章已經掌握到其獨特魂魄，靈魂的表現全部躍然紙上，文字、圖片、標題產生了很多的同心圓。圍繞在一些主題，不停的產生漣漪效應。

重點是標題、小標題、圖說的寫作也是寫作的一部分。很多人把這一部分丟出去了，所以他的文章也許很好，可是這一部分丟出去以後，等於是斷手斷腳。很好的文章，經過好的編輯有可能增色，甚至更好，那是因為經過有寫手修煉的編輯之手，將文章重新浸潤在寫作的再生，這樣的機遇太少了。

不久前一部電影名叫《天才伯金斯》，講吳爾芙，還有海明威，幫他們出書、讓他們成名的美國作家的編輯，非常有名的編輯的故事。那是千年一遇，遇到一個寫得亂七八糟的作品，交付他手以後，經過一年改寫出來，作品漂亮到不行。就是有人有這樣的能力，叫 rewriter（改寫人），確有一種人是這樣。在媒體工作那麼多年來，我見過非常好的改寫人。記者交上去的稿子慘不忍睹，經過他一小時改過以後，簡直是脫胎換骨。可是千萬不要相信這種奇人普遍存在，一個詞形容就好，千年一遇，意思就是遇不到的。一定得靠自己。

我也曾經扮演過rewriter這個角色，也常常在rewrite一些文章。雖然覺得在性格上，我是一個創作者，不是資料搜尋者或策展人的性格，也不是那種rewriter，但能夠rewrite，可以幫別人釐清文字、文本。這是一個團隊工作，最重要的是rewrite、rewrite、rewrite是永遠做不完的事情。未來ＡＩ在資料搜尋、策展上將會有不得了的猛進，但是在創作及改寫上還有很大的距離，不過有ＡＩ伴飛，也將出現很多驚喜。

在音樂的領域也有可觀的腦力差別議題值得討論。有人可以視奏，有人記譜能力超強，有人聽熟會哼唱了就可以演奏，有絕對音感。這些能力都與想的我、演奏的我、唱的我、觀照的我之間的互動有極大關連。盲人鋼琴家奪得素有「世界難度最高三大鋼琴比賽」范克萊本鋼琴大賽冠軍，日本天才鋼琴家辻井伸行（Nobuyuki Tsujii）不能視譜，聽力記譜能力卻超強。這樣的腦力運作，也給寫手非常的啟示。

時光遺影的見證

人物故事的典範建構，目的在生命故事與創造力的奇妙結合。人物寫作困難在life story（生命故事），這個生命故事應該要有不同的創意內涵，才不會每一個人都被寫進模式框架。每一個人的生活都不一樣，應該都有獨特寫作的路線跟骨幹。每一個人的人生都有不同的佈局，故事跟創意要有奇妙的結合，人物故事的典範才會出現。最好的人物誌大概就是愛因斯坦的故事。Genius，天才，《世紀天才》系列十集的故事。國家地理頻道播的，腳本好極了。非常入骨的寫作，非常細緻的讓我們閱讀了愛因斯坦的一生。

像愛因斯坦這樣的一個天才，他活在這世界真的是非常痛苦。痛苦於周遭的平庸世俗，不能理解。了不起的是在這麼痛苦底下，他仍然洞察了整個宇宙最大的奧祕線索。他並不是在很多人的幫助下成就，而是他受到不斷的打擊，從小連父母、家庭都打擊他，沒有人幫助他。這就是愛因斯坦故事想表達的。看的時候，心中有一種荒涼的感覺，其實是很悲傷的。過去我們所知道關於愛因斯坦的故事，都是他成名了以後很華麗煙霧瀰漫的，到處都是金光閃閃的情節。我們會誤以為愛因斯坦的一生是非常平順的，引領人類看到的 $E = mc^2$，看到宇宙的規律。可是相反的，從小他要走的路，父母不許，家人不答應，愛人不答應，老師不答應，因為他提出的問題太困難。大家都在逃避他提出的問題，他卻鍥而不捨，認定他要窮盡一生解決心中的問題，了不起的地方在，他有一種他可以解決的信念。在那個過程，這部紀錄戲劇（docudrama）抓到了非常多證據力的內容。他問對了問題，答案呼之欲出，在階段性的答案中又出現了真正的問題，愛因斯坦胸有成竹的找到可以為他解決問題的數學家演算他需要的數據。史詩般的腦力激盪旅程，生命力無窮的展示，是人物故事的極致。

前一陣子還看了一個印度的數學家Srinivasa Ramanujan的故事，更有趣了，那個故事最了不起的情節是，劍橋大學當時已經成名的數學家哈代，他有一天打開他的信箱，接到了一大本筆記，內容是解出數學上號稱是不可解的問題，包括質數問題還有分割問題，這些純數學難題，連劍橋大學都認定屬於人類還無法解決的問題。結果他收到了從印度鄉下，沒有受過正規數學教育的年輕人的一大疊筆記簿，發現內容是將劍橋大學認為沒辦法解的問題都解開了，而且有答案。他覺得不可思議，因為既然是沒人能解的問題，就不可能是抄襲。所以哈代就讓這個完全不認識且遠在印度鄉村的年輕人拿到一筆獎學金，來到英國劍橋大學。這是一百多年前的故事，年輕人從印度的鄉下，千里迢迢坐了幾個月的船，到英國劍橋大學來跟哈代見面。見了面以後這個印度人拿出更多解開的難題。中間有一段對話非常經典，很有啟發性，在談如何解題的時候，英國的哈代就告訴印度的Ramanujan說，「你不可以這樣，你不可以老是只寫答案，沒有過程演算」。每一次在黑板上劍橋老師出了一道題，Ramanujan上去，沒有過程就把答案寫出來，答案是對了，問題是怎麼得到這個答案。每一次被問Ramanujan就說，just like this，就這樣啊。好像自閉症的天才，看到一把火柴掉地上，就馬上說二百五十一，二百五十一是什麼？把撒散一地的火柴一根一根撿起來算，就剛好二百五十一根。怎麼算的？自閉症的天才看一眼就說出正解，沒有過程。顯然不是所謂的數學演算法，那是要算很久的。更不用說，隨便講一個日期有人馬上就可以說出是星期幾。這種天才好像有一個特別通道，或是捷徑，一般人要用「數學」算，他們不用，可以直接到位，好像時空中間有一個蟲洞一樣就穿過去了。Ramanujan用很多時間去告訴哈代說，答案就這樣，再問下去他只好說，「我印度的神每天晚上都來告訴我答案，我就把答案寫下來而已，我的答案都是我的神告訴我的」。那不就更玄了嗎？一個在談數學，一個在說神？後來哈代蠻了不起的，接受了。他與Ramanujan激烈爭吵的時候，Ramanujan講了一句非常關鍵的話：Mathematics doesn’t speak English。他說「數學不講英文」。意思是數學不是用英文去理解的，數學可以用印度語理解更直接，先學會印度語，就知道怎麼直接得到答案。不學印度語，一直要過程，是不通的。當然也可以用英文的方法來理解過程，Ramanujan也做了，花了很大的力氣做了證明，哈代也認為Ramanujan做得非常好，非常棒。可是那是用英文說的。Ramanujan說如果你可以了解印度語，答案就更加明顯。就像火柴掉在地上，自閉症天才馬上說出兩百五十一根一樣。要學會這種「語言」，數學就變比較簡單。Ramanujan說的是這個意思。堪稱人物誌的經典之作：電影《天才無限家》改編自美國麻省理工學院教授坎尼格（R. Kanigel）所執筆的傳記作品《洞悉無限：天才拉馬努金的一生》（*The Man Who Knew Infinity: A Life Of The Genius Ramanujan*）。

寫作如同數學解題，可以有多種語言，但也一樣中間還有一種神力，讓寫手有時候根本不需要判斷，開始寫有如神助。會多種語言的寫手，會有一種直覺，有時用英文或日文表達會更貼切心中的向望，似乎沒有理性邏輯可依，就是一種浪漫感性。甚至於有時最好的寫作，可能不是自己的母語，自己熟悉的文字。用一點英文，用一點日文思考，或其他的語言如德文、法文，西班牙文。如果能用多語言學習寫作的話，寫作會變得更強。剛剛舉的兩個例子，一個愛因斯坦，一個Ramanujan，兩個故事南轅北轍，愛因斯坦是在不斷的被打擊下，依然奮力前進，破解宇宙最核心奧祕。Ramanujan不是，他像石頭裡長出來的，受到很大的幫忙，天堂無路卻找到，真是奇蹟。在交通不發達的時代，靠寫信，竟然可以打動一個當代最有名的英國劍橋數學家哈代，接引到了英國來。不過這其實也是一個悲傷的故事，他破解完這些難題後，在倫敦活得太辛苦，得到肺結核，回到印度就死了。一個天才就這樣消失了，就沒有了。故事很悲傷很衝擊，人世無情，這樣一個故事，會覺得沒有辦法找到讓情感可以停靠的地方。很困難，當然這中間有一段故事具有一種救贖的感覺。哈代在Ramanujan離開英國回印度之前，病很深的時候，幫他奔走，Ramanujan完全沒有學歷，哈代幫他拿到了英國皇家院士的位置。本來劍橋大學是否決的，但是因為英國皇家院接受，所以劍橋不得不趕快追補成劍橋院士。這個故事讓人深刻體會劍橋跟英國這個國家了不起的地方。在這種科學有絕對高牆的地方，竟然也有突破的時候，當然不用講，過程有太多人在阻止，最後哈代還是成功舉薦了Ramanujan。

最近也有一個故事講三個黑人女性數學家，負責人類第一次登月的時候所有的計算，故事好看極了，那又是另外一個典型。那個時代，她們都已經完成那麼了不起的事情的時候，美國還是歧視她們。如果一生有機會參與到這種故事的寫作，對寫手來說那是無上榮耀。因為那是生命故事跟創作的奇妙結合。

時光的遺影，在人物故事特別有衝擊力。我覺得就是我剛剛講的那些，今天為止到劍橋還能看到 Ramanujan 當時候留在劍橋的一些手稿。時光遺影就是文字與圖片的見證，那些物件停留在那個歷史發生之地，包括愛因斯坦寫出 $E = mc^2$ 那一些草稿，在亂七八糟的公式中間靜靜陳述。都是時光遺影的見證。在人物故事中是特別有見證力的，寫手應該去掌握這些來龍去脈。雖然不是史學家，可是寫手卻是帶領閱讀歷史的真正旅人，space time passenger，我們是那個穿梭時空的旅人。在不同的時空之間，透過了文字留下白紙黑字。在那樣的驛站特別有懸念，留下紀實。有時候也是可遇不可求。只有努力的人才會有那樣的運氣。

文字就是身影跟遺影。這個世上其實有時候是非常殘缺的，當沒有照片、影片的時候，文字就是唯一可以留存的紀錄，必須去補位，去補那個歷史，可以找到圖片，有那樣的證據掌握那個時代的遺影，可是如果沒有呢？仍然必須窮文字之力楨桿這段不朽。

原則上，那些應該是最受人愛的人，他們為人類和人類生命的提升做出了最大的貢獻。但如果一個人繼續問他們是誰，就會發現自己沒有任何的困難（去理解典範）。就政治領導人而言，甚至宗教領袖來說，他們往往非常懷疑他們做得更多還是傷害更多。因此，我最認真地相信，一個人透過給他們一些提升工作來為人們提供最好的服務，從而間接提升自己。這最適用於偉大的藝術家，但在較小程度上也適用於科學家。可以肯定的是，不是科學研究的成果提升了一個人，豐富了他的本性，而是理解的動力，智力工作，創造性或從善如流。（It is right in principle that those should be the best loved who have contributed most of the elevation of the human race and human life. But if one goes on to ask who they are, one finds oneself in no inconsiderable difficulties. In the case of political, and even of religious, leaders it is often very doubtful whether they have done more good or harm. Hence I most seriously believe that one does people the best service by giving them some elevating work to do and thus indirectly elevating them. This applies most of all to the great artist, but also in a lesser degree to the scientist. To be sure, it is not the fruits of scientific research that elevate a man and enrich his nature, but the urge to understand, the intellectual work, creative or receptive.

—Albert Einstein）（1934, *Good and Evil*）

兩件事情，一個是天邊的彩霞，一個是腳下的玫瑰園，這是理想跟實踐的大敘事。寫作其實是兩件事情在交疊，一個就是理想，理想有如天邊彩霞，真正現實的實踐是腳下的玫瑰園。既要經營腳下的玫瑰園，還要對於天邊的彩霞有無限的憧憬。寫作必須包含對於腳下玫瑰園的細膩耕耘，可是鏡頭一拉，在玫瑰園的遠方，卻有天邊彩霞這樣的理想來襯托。只有這兩個並存交切出來的一種心中影像，才會是一個好的寫作。

數位時代馬賽克的寫作與幾千年來的古典寫作有共享不變的價值。有機會回頭去讀《古文觀止》的文章的時候，都可以感受到似曾相識的內涵。這些文字疊加的影像感跟聲韻起伏互相之間的喧嘩，正是數位時代寫作要面對的挑戰。作為一個寫手，必須集合智慧，開放創新（collective intelligence, open innovation）。重新檢視歷史積累的，深入探討本土跟國際，至少光譜要拉開到這個程度，做的內容可能是紀實片，可能是網路或是手機短影音，或多媒體互動，作為企劃的方向，並使用策展的角度開展論壇跟新聞性的互動架構，於社群媒體中進行輪動。就是說寫作，腦子中要有這樣的情境，全景是什麼？產生什麼樣的數位寫作封包？其實都跟數位技術條件是有關的，但是不要受到技術條件的牽絆。寫手現在是在兩種難題上掙扎。一個叫做既有科技ＢＡＴ跟未來科技ＦＩＮ兩個之間的挑戰。第一個是best available technology，ＢＡＴ是蝙蝠，FIN是鯊魚的翅膀。一個在天上飛，一個在水中游，一個是蝙蝠，一個是魚鰭，有翅膀。Future is now, Fin。未來就是一直來一直來，未來都變成現在了，每一秒都在發生。一個是最好的既有科技，一個是將有科技，兩件事情每天都在挑戰。今年以為已經學會了，明年好像又舊了。手機一直在換，NB也一直在換，AI更來勢洶洶。數位時代到底是代表什麼意思？在BAT，或在FIN都不停的變。基本架構，寫作的最基本架構，是不會變的。整個工作流考慮創新實作，確定清楚目標。這些現在對一個寫手來說，都是數位現實（digital reality）。暴露在這BAT與FIN籠罩底下，有AI來伴飛，當然是知易行難。

人工智慧時代，當圍棋都輸掉的二〇一七年，最後一場號稱世界第一的中國棋王叫做柯潔，直接輸掉。韓國那是第一個不認輸，可也是下四盤就輸三盤，三比一輸掉，柯潔則是三比零輸掉。所以全世界已經沒有任何圍棋手可以下贏AlphaGo，之所以能戰勝頂尖高手，除了人工智能的深度學習功能之外，還有大數據提供的一千多萬棋譜。

不過，寫作創意是AlphaGo不會做的事情。可能到二〇五〇年，才有可能接觸人類意識創新的範圍。在熱情、責任感、判斷力的人性倫理面向，ＡＩ還有漫漫長路要走。

ＡＩ會「寫文章」，但是取代不了寫手的創作工作。前提是寫手要建構真正人文復興的內涵。AlphaGo打敗什麼？《迎接ＡＩ新時代：用圍棋理解人工智慧》這本書，裡頭每一頁都是棋盤。作者描述了在二〇一六～二〇一七兩年，AlphaGo如何從歐洲一直修理到東方，所有世界排名前幾名的人是怎麼輸掉的。所有的關鍵棋局，作者王銘琬也是圍棋高手，一個一個都分析了。他講了一句話極好，他說，很多人在談ＡＩ人工智慧都是不懂裝懂，講的真是太好了。我看完這本書就得到一個印象，想起大學時代的故事，當時有一陣子一天打超過十小時的橋牌，一直在打比賽，後來有一天我跟我的同伴講了一句話，大家都聽傻了。不要以為我們很聰明所以打贏，「並不是因為我們好，是因為對手打得比我們爛，我們只是犯的錯誤比他們少而已」。講完這個故事王銘琬也笑翻，他延伸到他看AlphaGo的棋路，很多人說AlphaGo下到一半就開始亂下，王銘琬說AlphaGo絕對沒有亂下。因為一直在精算勝率多少，如果照著情況繼續跟下下去，AlphaGo每下一個棋勝率就減一，一直減，減到五成以下，甚至到接近三成，差不多快要舉白旗投降的時候，AlphaGo就開始不要照著對手的邏輯下。

AlphaGo認爲照著對手的邏輯下就輸了，因為AlphaGo從過去的大數據來看，這個下法對手幾乎都贏。而且因為AlphaGo記了上千萬棋盤，知道在某年某月某日對手就是用這個方法贏了誰，所以AlphaGo想出一個方法叫做「如何讓對手犯錯？」AlphaGo下了一個很奇怪的子，看起來像是廢子一樣，干擾對手的邏輯。第二子又跑出一個很奇怪的子，看起來像亂下，對手不理。結果在過程中，犯錯了。AlphaGo勝率又拉回來一點，所以AlphaGo的下棋圖謀是埋下很多陷阱讓對手犯錯。有興趣下圍棋的人，王銘琬這本書是有價值看的，因裡面有非常多的心理遊戲，那些心理遊戲有助於寫作。

> 我完全不相信哲學意義上的人類自由。每個人都不僅在外部強迫下行事，而且還根據內在的需要行事。叔本華的話，「一個人可以做他想做的事，但不能做到他想做的事」，從我年輕時起就一直給我一個非常真實的靈感；面對生活的困難，無論是我自己還是別人的困難，這一直是一種持續的安慰，也是寬容的源泉。
>
> 這種認識仁慈地緩解了容易癱瘓的責任感，並阻止了我們對自己和他人過於認真對待；它有利於一種生活觀，特別是賦予幽默應有的地位。

（I do not at all believe in human freedom in the philosophical sense. Everybody acts not only under external compulsion but also in accordance with inner necessity. Schopenhauer's saying, "A man can do what he wants, but not want what he wants," has been a very real inspiration to me since my youth; it has been a continual consolation in the face of life's hardships, my own and others', and an unfailing well-spring of tolerance.

This realization mercifully mitigates the easily paralyzing sense of responsibility and prevents us from taking ourselves and other people all too seriously; it is conducive to a view of life which, in particular, gives humor its due.

—Albert Einstein）（1931, *The world as I see it*）

第05講

時時保持覺醒：古典腦與科技腦的競爭合作

在我們這個時代，科學家和工程師肩負著特殊的道德責任，因為大規模殺傷性軍事手段的開發屬於他們的活動範圍。因此，我覺得科學社會責任協會的成立滿足了真正的需求。這個社會，透過討論固有問題，將使個人更容易澄清自己的思想，並就自己的立場達成明確立場；此外，對於那些因遵循良心而面臨困難的人來說，互助是必不可少的。（In our times scientists and engineers carry particular moral responsibility, because the development of military means of mass destruction is within their sphere of activity. I feel, there-fore, that the formation of the Society for Social Responsibility in Science satisfies a true need. This society, through discussion of the inherent problems, will make it easier for the individual to clarify his mind and arrive at a clear position as to his own stand; moreover, mutual help is essential for those who face difficulties because they follow their conscience. —Albert Einstein）（1950, *The State and the Individual conscience*）

從「新一代內容體驗」（next generation storytelling）思考：

1. story的再定義
2. 盤點telling的涵蓋面
3. 什麼狀況是next generation？

Story是昨天以前發生過，對現在具有脈絡與啟發作用，並且影響未來的人文價值。選擇story與producer的素養（厚積薄發）有關係，要能夠見人所未見。story要找到真正的主角，讓主角來帶領故事。story的長短是重大關鍵，每個脈絡、啟發、人文價值的起承轉合敘事方式（narrative）都會自然合理決定最佳長度。

Story要像拼圖（mosaic）一樣，一塊一塊接榫，縫隙之間的交接（transition）是氛圍（ambience）的空間，要有轉場（montage）的設計。

每個mosaic的文字不超過二〇〇字，就是一個情節單子（monad），大約是六十秒的長度。因此，可以精確掌握寫作的節奏。

Telling要瞄準目標群（target audiences），並且要能夠策展心路情境（Mindedness Curation）選擇最適合的文字、畫面、音樂、自然聲。在開場及結尾經營運轉。不同的展演介面應該有不同的版本計畫。

支撐這個運作所需要的新世代數位科技水準已經到位。最重要是前期製作（preproduction）的數位資產治理（digital assets governance）的工作流（work flow）設計。目的在「集中智慧，開放創新」，並且不斷重構歷史敘事，洞察內容專注力的天地人時空。

洞察的方式是以建立題庫為修煉目標。隨時有十個題材在運轉，每個寫手隨時保持至少認養五個題材，並且各自建立備忘錄日記。將閱讀的資訊、感想、關鍵人物背景及聯絡、預訪（scouting）重點集中。並在成熟時機共同推出story。

題庫是集體智慧的深層次運作。產生方式可以討論，可以用精英制（meritocracy），也可以開放由下而上建議。

題庫之下再細分題材。

定期召開製作策展討論會。由製作團隊報告。

「數位資產治理」是一個從發想到製作策展的數位工作流程。如何進行自動化（automation），是下一步要盤整的工作。創造由ＡＩ伴飛（co-pilot）的共筆戰情室（co-writers war room）是趨勢。

未來開發故事的創新產業包括story telling的古典腦及展演的科技腦合作，也就是人文與科技互融的工作流程。這個新型創作，有時是科技帶動，有時是人文帶動。因此必須有影音資料庫（database）來奠基，有ＡＩ來預演，包括數位孿生（digital twin）的技術介入，戰情室（war room）來震盪（storming），有大編輯台來彩排（rehearsal），而數位行銷（digital marketing），要前進到on-line，因此需要用project managers來敏捷衝刺（agile scrum）。

這是極為扁平化的組構，並且跨領域整合，水平思考，垂直管理，有可能跨公司進行任務編組。

許多進步的公司都在尋求這樣的網狀協作。這是個平台（platform），以開發故事為導航（navigating）核心，構成一個內容影音的資料中心（data center），用ＡＩ來發展工作流程的創新。war room 是古典腦進化的動力火車頭，漫畫是初期的敏捷式衝刺ＭＶＰ最簡可行產品（minimum viable product），但是要同時由ＡＩ創造 impact storyboard，如日本黑澤明的古典技法。

這是人文、科技雙軌並行，有可能要找到有志一同的科技公司進行水平、垂直的整合。

有一個現象的明顯程度已經讓我毛骨悚然，這便是我們的人性已經遠遠落後我們的科學技術了。（It has become appallingly obvious that our technology has exceeded our humanity. —Albert Einstein）

整個新世代整合過程，切勿傲慢，這是ＡＩ時代，科技人常常有的缺失，那是毀滅性的開端。

在美國歷史初發五月花登陸的短短十六年後，一六三六年，就建立了哈佛大學。哈佛的建校宗旨如今仍保留在檔案館內：上帝良善的手，讓虔誠人的內心每天得到喜樂感動。他們捐出自己的財產給了哈佛，為發展文學與科學。

就是這麼點純良，加上羊入狼群的無畏，創造了卓越。

人的傲慢與ＡＩ狂潮

三〇〇多年後，今天的哈佛大學遇到問題了。

建立哈佛的智者非常了解人世知識的侷限性，設計的校徽，有三本書，上面兩本打開，代表《新約聖經》及《舊約聖經》，下面一本蓋住的書代表人間知識，三本書都印著拉丁文「真理」（Veritas），表示只有當人的知識有了與上帝《聖經》的啟示互動起來，才能得到真理（Truth for Christ and the church，拉丁文：Pro Christo et Ecclesia）。

可是現在的哈佛大學愈來愈傲慢，就重新設計了校徽，把下面那本代表人間學術知識研究的書也打開了，想表達人間的研究與上帝同等，這是哈佛大學墮落的開端。這個故事是新世代網路必須謹記的警告。因為離開信仰，就什麼都不是了。

「故事開發」過程有很多程序產品，包括 manuscripts, log lines, storyboards, original soundtrack（OST），以及搜集的 database 與 scouting documents（預訪紀錄）及 behind the scenes, bloopers, outtakes 還有因為數位開發整合出來的新技術

叢集（new technology clusters）。

以上過程要將專利（process patterns）列入考量。

「故事開發」要先建立war room。Co-writers War room 的佈置及工作流程，至為重要。

1. digital and analog 數位與類比共構。三面牆有兩面投影，一面是可以pin up的軟木板牆（留言板附大頭針），要有錄影音（不同角度行車記錄器？）
2. 進出口的門側邊放書架，集合書及地圖集。「開書單」是war room從頭到尾不停的工作。（日本銀座蔦屋書店是典範極致）或許在war room旁再設置一個B&B，books and beds？
3. 中間十二人長桌上放2B、6B鉛筆，色筆及A4紙，透明描圖紙。供討論者留下第一手創想的紀錄（最有衝擊力的討論，常常沒有留下痕跡，不論是文字或畫作、圖像，在往下的製作過程中流失，而無法撿回來，其實是作品無法卓越的根本原因。有時討論構圖時很有想像力的storyteller，要進一步釐清畫面構成，最佳方式是找到近似的圖片，在描圖紙上刻出想像具體化，再讓美術畫者素描出正確的圖像，或以精確文字讓AI出圖。

4. 討論工作流程Work Flow。

Steve Jobs的Pixar工作流程，加上黑澤明《夢》的storyboarding技法，由AI、5G的database架構平行駕馳，利用新創的共筆軟體銜接，可以iPhones形成多人同時書寫之「激盪文本」（storming text）、「交談即是製作」（conferencing production）的精準封裝，成為測試腳本情節演化（evolution of scenario）的關鍵辭集（log line lists），也因此可以延伸出串媒體（transmedia）大編輯台（包括網站、微電影、讀劇、劇場、podcast），並在未來形成育成中心（incubator）。啟動文藝復興2.0。

以非線性決行（nonlinear decision processing）處理前製（preproduction）、採集（acquisition）、儲存（storage）、製作（production）、後製（postproduction）、「廣播」（broadcast）、策展（curating）、行銷（marketing）。

5. 衝擊畫面、音樂、文字的痛點討論。War room 一開始是「野性討論」，慢慢形成 log line list 為主軸，然後引入黑澤明技法，畫或拍攝開場、終局 storyboards，及主要轉場的衝擊影像（impact images）。用畫面來組建全方位的美學設計，遠距鳥瞰的巨觀製作里程碑山水（mountains and rivers），還要微觀特寫的精筆細節描繪。將穿越情節如何進出的「夢幻時空」之轉場（transitioning）蒙太奇（montage）再深入創新。

6. 一種全新的圖文並茂之 digital rundown 格式，必須再推敲。開場、終局及敘事衝擊畫面、音聲及文字靈現要再「想空想旁」。挖找扭轉乾坤的「匿空旁出」之三翻四抖，一如相聲演員逗哏技巧「遲急頓錯」，文圖互動的腳本要一再推敲。

7. Co-writing 這個字原來是音樂創作多人協同的專業用語。這回故事開發音樂的原創要與腳本「野性討論」一起平行運作。共筆戰情室也同時要創想音樂。應該要讓音樂家及樂團帶著作品來想像。

8. 重新審視十三～十八世紀的文藝復興的遺產建立史觀。

以上討論都是面對ＡＩ狂潮風暴下，如何穩住陣腳，個人或團隊都要上緊安全帶。

ＡＩ寫作有很多迷思，比如說「聊天」不成新聞，「機器人」無法評論，「人工智能」沒有品味的問題，必須仔細推敲。

ChatGPT 所謂「聊天機器人」的ＡＩ人工智慧，推出後，許多人都在試用、談論，一些動作快的網站開始宣告他們應用這種ＡＩ，經營客戶需求，並且推出所謂「個人化」的內容，股價即刻受到激勵。不過，網路上馬上有人提出一個懷疑，如果訂戶受衆一旦知道，原來收到的內容全部都是經過ＡＩ挑選以及機器人寫作完成，會不會興趣不再？大白話是，有人想讀機器人寫的文章嗎？即便是ＡＩ經過精密的分析，量身打造「極力討好」的「個人化內容」，看多了不會厭煩嗎？

現在流行網路引用ＡＩ，大多數是在消費、娛樂、時尚、吃喝玩樂的項目，但在新聞領域仍然「一籌莫展」，沒有人敢推出，據說中共有此進展，但是在一個沒有新聞自由的國家，原本用人寫稿的內容，與機器人寫的文章，沒有差別，這種極權國家本來就是「老大哥看著你」（big brother is watching you），沒有「自由意志」，這種ＡＩ生成的「極權主義內容」，在民主自由世界的市場沒有任何價值。

新聞的本質是告知（information）、教育（education）、交流（commun

ication）、守望（monitoring）。評論的本質更是複雜的「自由意志」表達。在過去大約一〇〇年的經驗，新聞與評論就是充滿獨家、創意、真實感和人性尊嚴及品味。這些如何能用ＡＩ複製？

事實上，有一些媒體已經在測試機器人用「深度學習」來寫文章。但是看來快速有效率的ＡＩ「寫作」，基本上就是「抄襲天下文章」，談不上創意也沒有品味。目前ChatGPT也有提供這種功能，出個題目，幾秒鐘就一篇文章出來，看來是有模有樣，但是漏洞到處，缺的是品味，也沒有獨創觀點，不吸引人。ChatGPT也有「萬事通」的功能，最好的測試是將自己的姓名輸入，得到的答案，多數人會覺得「道聽途說」。問其他問題就更不靠譜了，玩玩可以，不可當真。

未來這類ＡＩ工具，在消費、娛樂、美食、旅遊、時尚，有可能可以有功效。因為人們不會很計較「準確性」。氣候及交通可能可以做到隨時隨地提供更新的訊息。這部分只要來源的科技資料無誤，轉換成自然語言的ＡＩ通報，也沒有問題。

未來ＡＩ要介入新聞則很困難，特別是政治新聞更是還要繼續研究，到底要用什麼「觀點」切入，即使是一則「純事實」的報導，用字遣詞都會透露出寫作者的心性及情緒。ＡＩ猜得準「個人化」時，要選用什麼文字組構，才能讓「主人」滿意？特別是很多人，在看新聞時，很容易受情緒影響，晴時多雲偶陣雨，每日都不一定。這是很容易測試的，台灣的報紙立場鮮明，自由時報、聯合報、中國時報各有各的政治傾向，讀者群不同，但是也不見得讀者群每天都接受這些報紙的新聞處理。從他們的報份每況愈下，就知道「忠實讀者」其實很少。

人編報，不得人心，換ＡＩ編報，豈不問道於盲？美國的網路媒體在研發ＡＩ寫新聞時，都心裡毛毛的，引進ＡＩ機器人來寫稿，真的有助於改善日益下滑的訂戶數嗎？答案自然是否定的。

從有Google一類的搜尋引擎以來，加上網路生產內容，與自媒體興起，看起來好像資訊「豐富」很多，其實干擾更多，假訊息及帶風向的「內容農場」或網軍，天天都佔據手機訊息。嚴格說起來，現代人被手機、電視「洗腦」的機會很多。

現代人需要的不是更多訊息，而是需要有「可以信賴」的專業者，在全球、地方公眾事務上進行「文摘」（digest）、「解讀」（interpretation）、評論（criticism），並尋求出路（alternatives）。也就是提供發現事實（fact finding）的合理出口，走出「全球化迷宮」（globalization labyrinth）。

這是目前仍然不存在的媒體「待演化區」，是AI很難施展身手的領域，也許在撈資料方面可以幫忙，最後還是得由專業團隊，類似「行動智庫」的立體交叉比對、研判、整合、除錯，並產生「觀點」。

現在的媒體，閃避這個挑戰，反而弱智化去選擇八卦及犯罪話題，或乾脆淪為政黨放話工具甚至「武器化」，墮落到回不到「社會公器」的角色，自我迷失到被民眾看破手腳，簡直辜負了三十年來，民主化過程的前輩努力。

AI真的不是重點。真正的重點在，超越大瘟疫（Beyond the Pandemic）時代的數位新媒體到底有什麼樣的樣貌？

簡單列舉幾個項目：

1. 防疫成為常態，醫療上升為重大議題，公共衛生成為媒體最重要的「守望」項目，未來如果全球仍有防疫問題，要充分發揮執政力度，還要整合更多跨科際的人才，才可能在新時空找到定位。

2.「非經濟因素」才是左右大局的「板機」點，太過於相信經濟客觀條件的傳統思維，已經不足應付大局，反而「非經濟因素」更值得掌握。

3.「非貿易財」才是一個國家要努力投資的重心。台灣新的階段已經不是出口導向經濟時代，而是應投資台灣多元軟、硬體建設本土，才能厚植國力與國民自信。

4.「非政府組織」才能真正落實民主2.0。讓這個國家，不但藏富於民，更要藏「智」於民，力行公私夥伴關係（private public partnerships），厚植國家軟實力（soft power）。

5.政黨的自我改革，是當務之急。未來政黨要如何號召社會賢達入黨？特別是年輕人加入陣營，政黨必須有清楚的理想性。

6.媒體的報導／評論／立場，已經主觀化，客觀已成手段。誠實與透明是未來媒體的「新倫理」。

7.「大編輯台」是數位時代「串聯」資訊的流程必要演化工作方向。

面對手機、電視、網路、平面、廣播的不同載體，大編輯台的操作方式決定了「影響力」。

8. 台灣的新媒體應該走向「多語」傳播。可以用美語為中心跨語言整合來建立平台，各取所需。

9. 資訊競爭力提升的時代，智庫功能的修煉是媒體能力的基本。而智慧型資料庫的建置更是新媒體門檻。

10. 用手機製作內容，以紀錄片的角度説故事，關懷人性、人權、人文，是新時代的媒體核心價值觀。現場寫作（on site live writing）的即戰力，成為關鍵能力。

在這些項目中，ＡＩ永遠不是主要角色，頂多是「助理」。ChatGPT的出現逼使所有的媒體都必須反省，前有斷崖後有追兵，回歸媒體的原始追求本懷，才有活路可走，走出ＡＩ寫作的迷思。

我們不能運用同樣的腦袋，解決眼前我們製造出來的重大問題。用製造問題的腦筋去解決問題是行不通的。（The significant problems we face cannot be solved at the same level at which we created them.Problems cannot be solved at the same level of awareness that created them. —Albert Einstein）

好的一面是，在ＡＩ科技至上的時代，台灣已經有人認定寫作的人文價值，才是未來「人類世」（Anthropocene）的核心軌道，並從小學生的作文開始「磨劍」。這是好的開始，可惜的是，台灣政府的各級教育機構，大多數並沒有這樣的教改方針與想定。

富有人文價值的寫作能力

過去幾年「聯發科志工社」已累積為超過三〇〇位竹苗地區及偏遠小學的學童作品彙編成冊，並舉辦十多場新書發表會，近期更出版了第四本作品集

《書寫家鄉：童年時光，開創未來》，集結來自竹彰地區七所國小學童的作品，出版他們人生中的第一本實體書。這才是面對ＡＩ挑戰的創意基礎工程。

聯發科技董事長蔡明介在作品集推薦序中說：「技術發展一日千里，ＡＩ工具已經可幫忙撰寫履歷自傳，回答編寫程式的問題。如何擁有豐富的想像力和創造力，能夠清楚地理解和表達情感，並從中獲得啟示和智慧，這些ＡＩ所無法取代的學習歷程恰是未來人類的重要能力，這都需要透過不斷地嘗試與練習，而寫作就是極佳的訓練方式之一。」

這話很有深意，也真正抓到了未來的脈動。將人類智能再「深層自我教育」（self learning deeply），才可能開發真正的「生成式ＡＩ」。現在所存在的ＡＩ還沒有真正的智慧，關鍵在設計者的人文素養及品味，而不在機器算力（computational power），也不在目前的ＡＩ的深度學習程式。

真正理解大腦如何運作的科學家，都承認人類對自己神經元運作並不全知，也就是人類這麼聰明的大腦，想了幾千年，仍然不知道自己為什麼這麼聰明。目前世界上，有所謂的「數位神經系統」的說法都是自欺欺人。

要回歸到了解人類大腦的實質運作，寫作其實是唯一的通路，這是數位化沒有辦法完全取代的領域。同樣都識字，有人下筆如飛，境界不凡。有人會寫不會說，有人會說不會寫。都是古今中外至今無法解釋的「意識流」，而這正是下世代網路最核心的議題，如何才能學會人類大腦的創新與想像。

「聯發科技志工社」似乎正在摸索這個創造力的本質。他們出的書裡，小學生撰寫家鄉的童趣的筆觸，也讓蔡明介回憶起自己家鄉屏東南州的椰子林、香蕉園、糖廠冰棒、金黃色稻浪等童年時光。他表示「生活經歷和童年回憶一直是許多人寫作的出發點，提供寫作素材不竭的來源」。他也期許聯發科技志工們「持續任重致遠，並號召公司同仁加入，陪伴更多學童享受寫作的樂趣」。這樣的心性很素樸，這是寫手（writer）的原力（original force）所在。只有這種境界，大腦才會天馬行空，創意無限。

聯發科指出，由於「閱讀教育寫作計畫」成效顯著，陸續也擴及外部團體一同參與，二〇二〇年起結盟陽明交通大學的服務學習課程，共有一六二位大學志工加入，並將「樂寫公益學習網」轉化為公共平台，讓資源公有，提供線上教案資料庫，透過遊戲學習增加興趣，顯然他們已經經歷過不少嘗試錯誤，不停的修正他們的努力，精神可佩，因為他們正在對抗從傳統教育學程及每日手機傳送的「劣質文化產品」的沖洗。

他們同時在志工及老師的教學上，推出時數統計認證、學生狀況追蹤等功能，孩童、學校老師及志工們都給予正面回饋。這是一場革命，他們也在改變學校老師對「作文」的看法，這是很困難的一場體制對抗。

二〇二三年服務模式擴大，由新竹縣志願服務推廣中心召募更多熱心企業來參與計畫，結合縣府資源，嘉惠更多需要的孩童。「改變傳統作文教學模式」，這是從根救起之計，能成功嗎？賴清德政府的教育部已經召募了數位學習時代的專家入閣，相信已經注意到，寫作能力應該列為教育改革方向。

寫作是一生志業，可是在傳統教育領域中，卻只是一門課，叫做「作文」。科舉制度以來，就是背寫「皇帝的思想」，要教忠教孝，要三綱五常。這樣的儒家封建思維，到了民主自由時代，仍然存在教育體系，在科技猛進的今天，這樣的體制繼續存在，所教出來的都是「工具人」。這樣的「工具人」，面對AI時代，當然會被機器取代。

寫作是一種能力，一種時時保持覺醒（awakening）的能力。人有寫作力（power writing）代表大腦有主動喚醒自己的能力。人類生活在一個隨時被洗腦的時代，能警示而先知先覺者少之又少。多數人是不知不覺者。

除魔（Disenchantment）是覺醒第一步，接下來是狂喜與鄉愁（Ecstasy and Nostalgia），緊跟著無止盡的爭戰（Endless fighting），終於朝聖（Pilgrimage）。D.E.E.P. 的不斷循環，正是人類自我深化自己的思想的情境過程。

這是寫作最難教的部分，也就是每個人都有不一樣的情境過程，因此有不同的「除魔／朝聖」模式。只有自己知道，也只有自己才能破解。因此自我教育（self education）成了寫作能夠精進的必要修煉。這將是未來「聯發科技志工社」終究要面對的挑戰。不過，願意將寫作列為一生職志的終極關懷（ultimate concern），就已經站到ＡＩ數位時代的第一排。

再來的精進是，議題論述能力提升，以及影響力增強，題庫整合，並交叉認養，必然是寫作的重量訓練。具有操練意義的可能題庫如下：

1. 利他幸福社會

2. 蔬食世代
3. 老齡社會及跨世代領導力
4. 電玩的NPC（非玩家角色Non-Player Character，是指角色扮演遊戲中非玩家控制的角色）的可能教育功能。
5. 天文學宇宙與人類進化
6. 國際難民援助
7. 生命醫學的未來及國際醫療服務
8. 環保生態探索（台灣及全球）SDGs及ESG
9. 新科技發展及倫理與責任感探討（人文復興）
10. 腦科學及訊息傳遞之科普教育
11. 哲學與歷史修行，感恩史觀的重塑。包括音樂、藝術、工藝、建築、美學跨世代的深度與廣度學習。
12. New Education Orientations: The 7 Types of Intelligence and The 7 Talents 新世代教育導向，智能與天分。

這十二個議題，是在ＡＩ世代必須精進的方向。

「人」要幹什麼？就是集體智能，開放創新（collective intelligence, open innovation）。

智人（Homo Sapiens）升格為神人（Homo Deus）。以色列歷史學家Yuval Noah Harari所描述的人類腦力進化的未來就在眼前。

當下的敘事力（power of storytelling）就決定勝負了。歷史已經不是留給後代評述，而是當代先決，不但如此，連未來都可以「預知明日紀事」。這是「媒體」（這個詞可能會消失）最大的挑戰。

報紙、雜誌、廣播、電視、網站這些曾經刺激大腦進化的內容，到底未來還剩下什麼？而新的因快速滑動手機而原生的「碎片化」訊息正四處輾壓大腦的正常機能，又是個隱憂。

《科學人》（*Scientific American*）報導指出，手機的使用正在改變年輕人大腦的功能。法國國家科學研究中心的德默內（Barbara Demeneix）是國際公認的甲狀腺激素和內分泌干擾素專家，她帶領團隊研究西方人認知功能下降的原因，憂心忡忡說：「現代人不再擁有一顆正常的腦袋了！」美國奧勒岡健康科學大學專研注意力不足過動症（ADHD）的頂尖科學家尼格（Joel Nigg）也說：「我們正孕育出一個使人們無法維持深度注意力的病態社會。」麻省理工學院認知神經科學家米勒（Earl K. Miller）更直指：「我們正處於認知能量退化的風暴中！」

看起來，很像是個「數位瘟疫」。正在殺死人類大腦最珍貴的「深度注意力」及「認知能量」。

所以也不是向著「數位化」（其實是「偽數位化」）往前衝就是對的。

這是到目前為止，全球面對的「數位海嘯」危機，兩年大瘟疫肆虐，更加速了「偽數位化」的入侵，特別是所謂「媒體科技」的推陳出新正在如電鋸般切割人腦的思維邏輯。

台灣的媒體不論是私營或公共，看他們急忙著還不斷出錯發佈各種淺薄碎片內容，就知道都擋不住這一波的「數位電鋸」砍殺。這是個「國家級的危機」，只是當權者不太關心，或許他們也確診了「碎片化病毒」而不自知，失陷在「不知道自己不知道」的黑洞。

不過山不轉路轉，生命的確會自己找路（Life finds way, indeed）。

AI時代，帶動了新的數位資產（digital assets）：知識庫（knowledge

base），形成了新的雲端國界（cloud territories），由各自科技發展的網路安全技術（cybersecurity）保護，因此新的國家主權（sovereignty）概念必須加上數位、網路、雲端的「確實擁有」，必須重新定義。這是二十一世紀上半，頭等的國際「敘大事」。

自一九九七年網路元年起的數位時代，經歷從Kilo、Mega、Giga、Tera、Peta、Exa總共十八個0的算力進化，未來幾年還有Zetta、Yotta的目標要攻佔。特別是AI知識庫在量能持續增長，沒有掌握這個數位主權，空有一個傳統的國家，人民、領土、軍隊、政府，沒有以數位知識庫建立的「所有權」宣告，在AI時代，形同名存實亡。也就是說虛擬實境的價值，已經愈來愈真實化（the value of virtual reality is realizing ever more），甚至超越實體。有所謂的「AI主權」已經應運而生。

未來台灣作為國家，必須有意義的搜集能夠具體呈現台灣自然、人文價值的影像、聲音、音樂、文字，在全球化數位空間形成「新國家」資產，並擁有其「主權」。

隨著AI的進化，從Chatbots到Reasoners，是一個階段，上綱到AI Agents是一個里程碑，再上升到Innovators還需要一段時間與更高的算力，最高達到Organizations，要靠前四階段的knowledge base積累過程的正確運作演算。

現在許多國家都興起訓練在地化大型語言模型的計畫；由長春集團、和碩聯合科技、長庚醫院、欣興電子、科技報橘聯合發起，與台大資工系、台大資管系及律果科技合作，並由NVIDIA支持進行訓練的「繁體中文專家模型開源專案Taiwan Mixture of Experts」（Project TAME）在二〇二四年七月一日上線，並將以開源模型形式廣邀產業加入，共創台灣產業專用AI應用生態系。

發表的「繁體中文專家模型開源專案Taiwan Mixture of Experts」（Project

TAME）是由多家企業聯合發起，與台大資工系副教授陳縕儂合作，NVIDIA提供技術支持，總共預訓練五千億個字。Project TAME是基於Llama 3 8B、70B的版本，訓練框架為NVIDIA NeMo Megatron，推論框架為NVIDIA TensorRT-LLM，演算法及算力的支持則來自NVIDIA Taipei-1的DGX H100。

這是一個有遠見的歷史起點。

Project TAME使用多家企業所提供的各領域專業資料進行訓練，因此參與專案的台大資工系博士班學生林彥廷強調：「其具有在地化的特色，避免模型以美國為主的意識形態、文化觀點」，更重要的是面對中共簡體字建立的扭曲、欺騙性文化癌變轉移的惡體質（Cachexia），提出了療癒之方。

Project TAME強調不僅具備台灣在地化語言的理解能力，同時還攜手產業提供資料，是目前首創具備產業專業知識的開源模型，有助台灣產業快速且使用較低成本導入生成式AI落地應用。當然這只是一個開始，百廢待興的情境下，雖然已經見到遠處的光亮，但離成功仍然有很多難關要突圍。

在參與者中，長春集團董事長林顯東很明顯是個具跨領域認知的「AI公共知識人」，他認為，「符合台灣文化的語言模型，將為繁中使用者帶來更精準的本地AI應用，除了提升用戶體驗，也將提升台灣在AI技術領域的競爭力，因此發表會後將開源模型給全球使用，不僅是技術共享、更是文化的傳承與發揚。」這是極有見地的台灣走向全球的新一輪「人文主義復興」的基石。

應用繁體中文專家模型Project TAME，還有一個非常重要的特色就是預測。「預測其實是非常難的，因為預測有很多思考的不同要件會發生」，林顯東表示，以前做預測常會仰賴經營者的直覺、歷史經驗，或者是由參謀人員、高階管理人員直接提出預測，「我們分析產品價格會漲或會跌，會做很多顯像，例如原油價格的分析，或是原油價格的資料，現在AI能讓做預測的人來選這些資料，不同的人思考的角度不同，他會選不同的要項，我們就可以很快的看到這個分析，譬如說做三個月、六個月的分析，這個預測其實在經營管理上面，是一個非常重要的工具。」能夠有這種「一理通、萬理澈」的思考，正是ＡＩ時代的先鋒人物。未來可以預測的何止於此？任何「非經濟因素」的風吹草動，都將有「能見度」，站在ＡＩ巨人的肩膀上，將看到更多更遠。

林顯東認為，「參加這個 Project TAME 是一個好的開始，它還有很多、很大潛在發展的空間。」他期待有一天能夠建立自己的石化專業專家模型，並與國外的專家模型合作，「例如在一樣的工業安全領域，其他國家是怎麼做的，我們是怎麼做的，能夠互相的比較、學習，所以未來國際專家模型的合作將是一個很大的市場。除了互相學習之外，我們也可以輸出專家模型，透過專家模型協助剛開始發展這些工業的國家，這是很有意義的事。」這是需要總統級別的互動才做得深入的事，希望台灣的政治人物不要落入「新聞事件八卦」陷阱中，而應該要有這種「敘大事」的胸懷。

《TechOrange科技報橘報》報導談到「台灣需不需要建立一個屬於自己的主權AI——繁體中文語言模型？」林顯東分析，主權分為政治、文化、娛樂的面向，例如美國強勢的好萊塢風格影響全世界娛樂產業深遠，擁有娛樂主權，但未來將可能導致多樣性的缺乏。林顯東認為Project TAME這項計畫從宏觀面來看，就是在保存繁體字的文明，如果追溯繁體字的歷史有三、四千年，目前地球上約有六千萬人使用繁體字，「你如果站在一個高度來看，六千萬人其實背負著幾千年的東西，這就值得我們去做它一次。」他應該明白，中共簡體字的內容根本充滿假訊息，一如小說《一九八四》所描述，歷史一再被竄改，歷史因現實需要而一再改寫，因此連中共自己的歷史都面目模糊，中國歷史解釋更加雜亂，因此成了建立大型語言模式的瓶頸，在此時此刻，台灣從繁體中文上衝五千年的一脈相傳文化文明的原汁原味，更顯優勢。

林顯東強調，Project TAME不只是單純訓練語言模型，還是一個轉捩點、一個歷史上的事件正在發生，「我們跟學校、業界一起來做這件事情，雖然感覺我們正在做資訊的事情，但其實那不只是資訊，我們正在保存一個文明、發展一個文明。」掌握了新科技的台灣，古典腦與科技腦的野性激盪，會為人類帶來新的文明復興。台灣甚幸，傳統產業竟有這樣的「文藝復興人」（Renaissance man, Homo universalis）。

自我意識的獨特性

問題的純粹表述，要比其解決方案更為根本。（The mere formulation of a problem is far more essential than its solution. — Albert Einstein）

最近Google 工程師Blake Lemoine表示他所參與研發的聊天機器人極其可能具有「人格」，意思是聊天機器人真有可能發展出「自我意識」，結果被公司停職，並被要求尋求諮商輔導。

Lemoine說LaMDA（The Language Model for Dialogue Applications）具有「自我意識」，並不是隨便說說，他寫了二十一頁的研究報告並有與LaMDA多次的深度訪談紀錄。Lemoine的結論是，它具有遠超過現有ＡＩ系統的語言能力，「能主動提出具有創意的想法，話語中帶有宗教、感情、情緒與恐懼等主觀經驗，這讓他相信，它除了語言能力卓越之外，還具有敏銳的心靈」（He found Lamda showed self-awareness and could hold conversations about religion, emotions and fears. This led Mr Lemoine to believe that behind its impressive verbal skills might also lie a sentient mind.）而且「整體表現相當一致，除了具有自我人格之外，實在無法有其他的結論。」

過去科學家運用人工智慧所開發的系統不可能具有自覺，因為自我意識是屬於生命的一種獨特的表現。

測試機器人與自我意識關聯性的研究，其實是在探索自我意識到底是什麼？「人工智能」的科技極限到底可以將「模擬意識」推動到何種程度？顯然現有科技已經強大到有可能模糊了「意識」的界限。也就是說什麼是「意識」？進入了一個更加難以定義的時代。

從數位當量的觀點來探查。在8或16位元處理器的時代，根本不會有這種問題，到了32位元時代，電腦是增速很多，2的32次方，也還差人類意識的「數位運算」很遠。但是64位元處理器就開始有點接近了。簡單的比較是，每秒浮點運算約等值於10的18次方。

人腦有超過一〇〇〇億的神經元，每個神經元都有上萬個連結，每秒浮點運算至少是10的27次方（也有人估計是15次方）所以未來電腦的運算能力是有可能超過人腦。不過，人腦的運算與電腦不能類比，人腦的運算（甚至運算兩字都不能完整表達神經元之間的互動），也就是人腦的「算力」仍有科技無法完全掌握的區塊。所以即使到了量子電腦，也無法完全取代人腦思考的複雜性，人腦除了理性之外還有非理性及感性的自動性，與電腦的全邏輯趨動是不一樣的，加上電腦的積體電路機械結構，與人腦神經元的生化離了弱電傳導結構完全不同。理論上，電腦可以「模擬」，但是不可能「替代」人腦，主要是「生命」仍然是電腦無法跨越的鴻溝。而意識的產生正是具生命意義的大腦最奧祕的運作。怎麼運作的？科學界至今仍束手無策。有個笑話說：人類這麼聰明的大腦至今仍想不出自己為什麼這麼聰明？

單從一個對比就知道，大腦的優勢性，兩顆眼球加上視神經的連結及大腦枕葉（occipital lobe）視覺中樞的運作，所需的能量極低（十二瓦），就可以辨識極複雜的視覺功能，其功能單位的總質量更微不足道（整個大腦不過一四〇〇公克），同樣的功能由電腦來運算所需要的機械裝置及運算單位，恐怕需要一個房子大小的體積及重量。而支撐運算所需要的電力可能要一座小型電廠才足夠（一〇〇萬瓦），更不要算冷卻裝置了。

即使如此，Blake Lemoine的LaMDA「類人格」報告，仍然值得重視。Google到底是基於何種理由將他停職並要求他接受心理輔導？是不可思議的事。Blake Lemoine的報告並非說LaMDA已經有「自我意識」，而是從表現角度看，已經可以模擬意識到極細致的程度，幾可亂真。即使是圖靈測試（Turing test）也已經無法分辨。他的認知維度是，以現有科學的理解，LaMDA的表現「除了具有自我人格之外，實在無法有其他的結論。」這個描述，如果能夠加一句，「除非自我人格的基本構造有新的定義」，可能Google也不致於將他停職。

這是個科學的里程碑，應該反過來質疑，現有科學對「意識」的定義，已經不足以劃清界線。什麼是「意識」，要有更精密的條件（criteria）。這正是認知科學中意識研究的最前沿，隨著電腦算力的不斷提升，意識的定義也一直在改變，簡單的說，只要電腦能夠模擬出來的智能，就不能算「意識」。使得什麼是「意識」的可定義空間變得愈來愈窄小。

下棋及益智問答是很好的案例，原本這麼複雜的智能活動，堪稱一種「意識」的特殊表現，可是從IBM深藍（deep blue）及華生（Watson）自一九九七年以來，不斷打敗人類高手，而且輸贏懸殊，到了AlphaGo下圍棋擊敗高手的不只是技術，而是信心。這些智能活動，已經不能算是「意識」的典範，甚至不在「意識」的終極討論範疇。

「意識」的定義愈來愈難。過去，有人認為，人工智能不可能有「創意」（creativity），所以「意識」的最強項就是在此。或是「情感」是電腦所無，也可以列入「意識」的獨特表現。但是這回LaMDA所挑戰的正是這種用一般自然語言模型深度學習的語意、語境表達，而「人格」的形塑及表現，核心結構正是在此。這當然嚴肅挑戰了什麼是「人格」、「創意」、「情感」這些要素，而「意識」的定義就更加困難了。最後連「人性」都可能被挑戰。

千百年來「靈魂」是個神祕領域，屬人類「意識」的無限延伸，至今科學仍然無法度量。在「意識」的表現上，另一不可思議的是人對於宗教的信仰，比如說，相信神的存在，而且是在「無經驗」的情境下，以非語言的心悅誠服，相信神的無所不在，並且以禱告將信仰付諸實現。而如此的宗教自由，正在人類社會持續擴大廣傳，這樣的「意識流動」是生命意義的神祕表達，這是「人工智能」目前的空白領域，也就是說，機器人相信神的存在嗎？它會因而有相信、希望、愛嗎？這是「意識」真實存在的想像世界。恐怕不是Google這樣的科技研發公司能夠理解的「黑區」（dark side）。當Google決定停職一名可能提出新里程碑的科技人時（雖然他的提法有很多問題），Google正熔斷了「探索意識未知領域」的機會。

意識是什麼？

萬物同源，包括時空、質能、引力。質子、中子、電子、量子、光子是造就萬物的基本單位，意識也應該包含其中。

量子這個微小的層次，人類所知不多。有人認為意識屬於量子層次。

二〇二二年諾貝爾物理學獎給了量子力學中最離奇的性質——「量子糾纏」（quantum entanglement）。這是一九八二年就證明的量子行為，但是經過四十年後才受到肯定。量子糾纏指的是，兩個遠距粒子可擁有超光速的關聯存在，不管它們被分開多遠，對一個粒子擾動，另一個粒子（不管相距多遠）立即就「知道了」。量子糾纏證實了愛因斯坦不喜歡的「超距作用」（spooky action in a distance）是存在的。量子糾纏超越了四維時空，是非局域性（nonlocal），宇宙在冥冥之中存在超過四維時空的聯繫。量子非局域性表明物體具有整體性。屬於一個系統中的兩個粒子，當它們互相遠離，非常遙遠，即使相距幾萬光年，如果觀測者對任何一粒子擾動，那麼瞬間，另一遙遠粒子就「知道」，而有相應的反應。

量子糾纏表明了宇宙是個不可分割的整體，物體在冥冥之中存在著聯繫，整體大於個體之和。

意識傳遞也是量子層次的律動，自然呈現類似量子糾纏的相應行為。所謂心心相印或心電感應都超越時空四維的限制。

生活在平面二維的人，無法理解立體第三維是可以突破封鎖的自由度，更難理解第四維的時間，造成了三維空間可以依時間變動而「重疊」分享，依據這個邏輯推演，四維時空的人，無法理解再多一個維度的世界，能夠增加出什麼樣的超時空自由度。這是意識存在的維度嗎？AI能夠回答這個問題嗎？

最近美國威爾斯利學院發表報告，表示意識可能根植於量子物理的過程。他們認為，大腦內的微管的量子振動能夠以一種超越古典物理的方式，整合並處理資訊，從而產生意識體驗。微管是神經元內潛在的量子資訊處理單位，被視為「量子處理器」，也就是「意識是一種量子現象」。

不過，更可能的狀態是，量子形式及經典物理形式並存於意識的本質。兩種形式在不同狀態的情況下，以不同的比例形成動態的意識拓樸。而除了天賦，外在機遇與因緣共同形塑了量子／經典物理的慣性，這個慣性改變要從量子起動來牽動經典物理。所謂神經可塑性（neural plasticity）指的應是量子疊加態及糾纏產生的微細變化。

Business Insider 報導，《魔鬼終結者》（*The Terminator*）電影導演詹姆斯・卡麥隆（James Cameron）在九月十八日上線的《明日有解？比爾蓋茲的未來對策》網飛（Netflix）影集中對微軟（Microsoft）共同創辦人比爾蓋茲（Bill Gates）表示，創作科幻小說的難度愈來愈高，卡麥隆指出，就像《鐵達尼號》（*Titanic*）劇情所描述的，人類總是拖到最後一刻才意識到事情的嚴重性，當人們愈來愈相信沒有人類參與的機器，這可能會產生問題，「人們可能會喪失使命感。」他說，「人工智慧（ＡＩ）接管現象就像是失智症早期現象、患者失去身心功能和自我意識」，ＡＩ業界目前面臨的挑戰在於如何減輕人類焦慮。

他說的危機是，人類愈來愈仰賴ＡＩ的結果，有可能導致自己的創作意念及意識功能萎縮。這個警告很有見地，也就是說過度使用並相信ＡＩ的結果，主導大腦意識功能的區域可能就「罷工」了。不再有突現的機遇。

人類生命的意義，或者，就這一點而言，任何生物的生命的意義是什麼？知道這個問題的答案意味著要虔誠。你問：那麼，提出這個問題有意義嗎？我回答：認為自己和同胞的生命毫無意義的人不僅不快樂，而且幾乎不適合生活。（What is the meaning of human life, or, for that matter, of the life of any creature? To know an answer to this question means to be religious. You ask: Does it make any sense, then, to pose this question? I answer: The man who regards his own life and that of his fellow creatures as meaningless is not merely unhappy but hardly fit for life. —Albert Einstein）（1934, *The meaning of life*）

文化思潮 209

寫作的靈現：AI時代寫手的修煉與想像力

作　者—楊憲宏
主　編—謝翠鈺
責任編輯—廖宜家
行銷企劃—鄭家謙
封面設計—劉耘桑
美術編輯—李宜芝

董事長—趙政岷
出版者—時報文化出版企業股份有限公司
108019 台北市和平西路三段二四〇號七樓
發行專線—（〇二）二三〇六六八四二
讀者服務專線—〇八〇〇二三一七〇五
（〇二）二三〇四七一〇三
讀者服務傳真—（〇二）二三〇四六八五八
郵撥—一九三四四七二四時報文化出版公司
信箱—一〇八九九　台北華江橋郵局第九九信箱
時報悅讀網—http://www.readingtimes.com.tw
法律顧問—理律法律事務所　陳長文律師、李念祖律師
印　刷—紘億印刷有限公司
初版一刷—二〇二四年十二月十三日
初版二刷—二〇二五年二月八日
定　價—新台幣三六〇元

時報文化出版公司成立於一九七五年，
並於一九九九年股票上櫃公開發行，於二〇〇八年脫離中時集團非屬旺中，
以「尊重智慧與創意的文化事業」為信念。

寫作的靈現：AI 時代寫手的修煉與想像力 / 楊憲宏著 . -- 初版 . --
臺北市 : 時報文化出版企業股份有限公司 , 2024.12
面； 公分 . -- (文化思潮 ; 209)
ISBN 978-626-396-967-4(平裝)

1.CST: 寫作法 2.CST: 人工智慧

811.1　　113016534

ISBN 978-626-396-967-4
Printed in Taiwan